Nathalie Léger

A exposição

Tradução

Letícia Mei

L'Exposition © P.O.L. éditeur, 2008
© 2023 DBA Editora

1ª edição

PREPARAÇÃO
Érika Nogueira Vieira

REVISÃO
Tamy Ghannam
Eloah Pina

ASSISTENTE EDITORIAL
Gabriela Mekhitarian

DIAGRAMAÇÃO
Letícia Pestana

CAPA
Isabela Vdd/Anna's

Impresso no Brasil/*Printed in Brazil*

Todos os direitos reservados à DBA Editora.
Alameda Franca, 1185, cj 31
01422-001 — São Paulo — SP
www.dbaeditora.com.br

Dados Internacionais de Catalogação na Publicação (CIP)
(Câmara Brasileira do Livro, SP, Brasil)

Léger, Nathalie
A exposição / Nathalie Léger ; tradução Letícia Mei. -- 1. ed.
São Paulo : Dba Editora, 2023.

Título original: L'Exposition
ISBN 978-65-5826-070-7

1. Ficção francesa I. Título.

CDD-843   23-175688

Índices para catálogo sistemático:
1. Ficção : Literatura francesa 843
Aline Graziele Benitez - Bibliotecária - CRB-1/3129

— Mas ela não é nada para você.

— Não — disse Louise.

— Ela não é nada para você.

— Não — repetiu ela docilmente.
Mas continuou a olhar algo diante
de si que ele não podia ver.

— Então.

— Então nada — ela disse.

Claude Simon, *A relva* [L'Herbe]

Entregar-se, não premeditar nada, não querer nada, não distinguir nem destruir, não olhar fixamente, mas deslocar, esquivar, tornar desfocado e considerar, desacelerando, a única matéria que se apresenta como ela se apresenta, em sua desordem, e inclusive em sua ordem.

Disseram que sua beleza estarrecia. Que ela era imóvel e feroz. Ao vê-la aparecer, a princesa de Metternich confidenciava: "Fico petrificada diante deste milagre da beleza: cabelos admiráveis, cintura de ninfa, tez de mármore rosa! Em uma palavra, a Vênus descida do Olimpo! Jamais vi semelhante beleza, jamais verei outra como essa!". Em sua feridade, ela se acomoda em um sofá e se deixa admirar como uma presa, ausente no meio da multidão, o olhar frio, impassível. É odiada por tanto poder, ela, cuja beleza, dizem, afugenta as outras belezas. Estamos em plena guerra da Crimeia, e uma marquesa constata que sua chegada provoca "uma espécie de pequena Questão Oriental". Procuram a sombra de um defeito. Regozijam-se com sua ostentação como com uma falta de bom gosto: "Se ela tivesse sido simples e natural, teria abalado o mundo... talvez devêssemos nos alegrar com o fato de a condessa não ter sido mais simples...", diz mme. de Metternich. Contemplavam sua beleza como iam ver as aberrações.

Foi por acaso, no alto de uma escadinha de madeira na livraria decadente de uma cidade do interior, que me deparei com ela, também impressionada, mas por outras razões. Uma mulher irrompe na capa de um catálogo, *A condessa de Castiglione por ela mesma*. Fiquei congelada com a maldade de um olhar, petrificada com a violência dessa mulher que surgia na imagem. Simplesmente pensei, sem entender nada: "Eu mesma por ela contra mim", num balbucio do espírito que se acalmou um pouco quando, no trajeto do 95, ouvi uma mulher relatar longa e lamuriosamente à outra os motivos de seu ciúme. Na hora de descer, ela soltou para resumir: "Você entende, meu problema não é ele, é ela, é a outra". No trajeto um pouco sinuoso da feminilidade, a pedra na qual tropeçamos é uma outra mulher (a outra — foi assim que chamamos a mulher por quem meu pai tinha deixado minha mãe — Aoutra tinha se tornado seu nome, um nome que permitia suprimir sua qualidade para se aferrar apenas à sua função; Aoutra, aquela que não era legítima, aquela que não era a mãe; Aoutra, faça o que fizer, é odiada, é desejada).

Ela entra. Está no auge do movimento da cólera e da censura. Ela irrompe à direita da imagem como dos bastidores camuflados por uma cortina. Ela tem na mão junto à cintura uma faca que reluz obliquamente atravessada sobre o ventre. O rosto está fechado, a boca fina, os lábios apertados, as sobrancelhas franzidas, o olhar claro e duro, os cabelos estão divididos em duas pequenas faixas delgadas separadas por uma risca impiedosa, a faca, cujo cabo desaparece no punho cerrado, vibra bem no centro, é quase invisível tamanha a brancura de sua lâmina que desaparece no cetim luminoso do vestido, mas sua ponta acaba avivando o centro exato da imagem e a corta em seu âmago. Como se não bastasse a magnitude da roupa, ela segura a cortina de seda entre os dedos e a traz para junto de si num gesto estranhamente pudico. Mas não é o corpo que ela tenta dissimular, nem pensar, são os falsos bastidores atravancados por um gueridom de ferro branco cujo pé ameaça aparecer. Essa mulher entra, ela quer matar. Uma carnificina teatral? Sim, ninguém pode duvidar, ela está em um palco e faz de conta que toma cuidado para que tudo pareça verdadeiro. Mas como toda grande atriz, ela finge fingir. Essa mulher entra, ela quer matar.

Procurei em minha estante o catálogo da Castiglione, esse catálogo que comprei e guardei em seguida. Com ele voltei a sentir imediatamente o asco por essas imagens, essa ferocidade, essa melancolia sem profundidade, essa derrota. Nada daquela heroína provisória do Segundo Império, nada do destino daquela mulher que passara tantas horas sendo fotografada me era familiar, e no entanto, ao abrir esse livro de imagens, tive a estranha impressão de voltar para casa e, embora essa casa tivesse sido destruída, de voltar a ela com receio, com gratidão.

Na época eu trabalhava em um projeto sobre as ruínas, mais um, uma carta branca oferecida pela direção do Patrimônio. A incumbência tratava da "sensibilidade do inapropriável", do "apagamento da forma", da "consciência aguda de um tempo trágico". Cada intervenção deveria ser feita em um monumento histórico. Sugeriram-me o museu de C***. Era preciso escolher uma única peça da coleção, depois "introduzir o assunto", como me recomendou o coordenador de projetos da direção do Patrimônio com um risinho constrangido, como se acabasse de fazer uma piada obscena. Era preciso, em seguida, destacar a peça escolhida solicitando a outros museus o empréstimo de obras contemporâneas. A princípio, eu tinha pensado na reportagem de Roger Fenton, o fotógrafo britânico enviado pela rainha Vitória para o front da Guerra da Crimeia. Num dia longínquo de 1855, ele capturou a estranha e célebre imagem de um vale desolado repleto de balas de canhão – ou eram pedras ou crânios – dispostas regularmente sobre uma natureza-morta. Eu tinha sonhado comprá-la um dia. Mas essa fotografia não fazia parte das coleções do museu. Foi então que, enquanto aguardava o envio do inventário prometido pelo coordenador de projetos, procurei na minha estante o catálogo sobre essa mulher, a Castiglione, esse catálogo que eu tinha comprado e guardado em seguida, e no qual havia vários documentos pertencentes ao museu de C***.

Um dia, na rádio, a bela voz grossa de Jean Renoir disse a respeito de *A regra do jogo*: "O tema me tragou completamente! Um bom tema sempre te pega de surpresa, te leva". Durante anos pensei que o mínimo, para escrever, era se aferrar ao seu tema. Muitos comentadores, escritores célebres, críticos já tinham dito, para escrever é preciso saber o que se quer dizer, repetiam martelando a ideia: é preciso ter algo a dizer sobre o mundo, sobre a existência, sobre etc. Eu não sabia que é justamente o tema que nos aferra. Também não sabia que ele pode não se aferrar a nada. Naquele dia, peguei um livro ao acaso, era um livro sobre os pítons, o devorar dos pítons, o olhar do animal absorvido pego de surpresa, tragado pelo tema imóvel e feroz que faz você cuspir o que tem no fundo da mente, um tema enorme e dissimulado, incompreensível, poderoso, mais poderoso que você, e de aparência quase sempre tênue, um detalhe, uma velha lembrança, nada de mais, mas que o toma e, implacavelmente, o confunde com ele para regurgitar devagar alguns fantasmas inquietantes, espectros perdidos mas que insistem.

Como a morte, e uma ou duas outras coisinhas, o tema é simplesmente o nome do que não pode ser dito. Sua aparência é inofensiva, uma palavra, uma frase que ouvimos no acaso dos encontros, esta, por exemplo, lida ou ouvida, não sei mais: "Temos medo de erguer os olhos para a vergonha". O quê, qual relação, por que associá-la imediata, brutalmente, ao tema, por que pensar que essa frase pode ser essencial a ele? "Meu tema tem um potencial impressionante", dizia Truman Capote em *A sangue frio*. Mas qual tema? A história de dois jovens assassinos do Texas? Nenhuma importância para a verdade. Seu tema, a potência de seu tema, é seu ódio – ódio não pelo que eles fizeram, é claro, mas pela empatia, pelo desejo que os dois suscitaram nele, ódio dessa atração, e é exatamente enquanto temas do livro, e do livro essencial, que eles são insuportáveis para o autor. No final, a pena de morte os faz cair no esquecimento, os jovens assassinos são executados, o tema é condenado à forca. Capote não para de repetir aos berros: "Fiz de tudo para salvá-los". De julho de 2005 a dezembro de 2007, quis expor, para cumprir a carta branca sobre a ruína, uma vida, a vida dessa mulher, a Castiglione. Fui arrebatada, engolida por esse tema. Fiz de tudo para salvá-lo, ou seja, tudo para me livrar dele, mas já estava furtivamente tragada por ele.

"Eu a reconheci sem conhecê-la", escreve Robert de Montesquiou[1] lembrando-se do dia em que descobriu uma pequena fotografia encarquilhada dela no fundo de uma

---

1. Robert de Montesquiou (1855-1921), escritor e crítico literário francês, figura que inspirou personagens literários como o Barão de Charlus de *Em busca do tempo perdido*, de Marcel Proust. (N. T.)

caixa num antiquário. "Eu queria reter e materializar, graças a pesquisas assíduas e descobertas preciosas, os traços esparsos e ameaçados", diz ele ainda, "vou me dedicar a libertar a desconhecida desta figura". Eu a reconheci sem conhecê-la. Não me lembro de nada além de ter esquecido.

Sete telas duplas de papel são estendidas sobre finas estruturas de madeira dispostas a certa distância umas das outras. Sete painéis repetidos, seis intervalos, uma contenção de espaço erguida no meio do museu. Os convidados desta noite excepcional estão amontoados no entorno. O artista Murakami Saburo se apresenta: breve saudação, corpo de boxeador, ele fica imóvel diante da opacidade do papel. Durante alguns segundos, assistimos ao recolhimento do artista. Um homem reúne suas forças e mergulha ostensivamente em si mesmo. Ele mergulha em si mesmo. Mais burburinho, depois o silêncio. Um gesto? Não, ele muda de ideia, em seguida, sim, se lança através das telas, se debate, é engolido e desaparece num estrondo ensurdecedor, ouvimos sob os golpes a explosão ruidosa do papel, grandes massas se abatem em longos rasgos, o corpo do artista avança com dificuldade, sempre perfurante, dilacerante, abatedor, desarticulado nesse colapso ruidoso. Enfim, ele emerge do combate, esgotado, titubeia e cai, os convidados recuam, ele se levanta, se recompõe, cumprimenta, acabou. Não durou mais do que alguns segundos. Atrás dele, a obra arfa, o papel rasgado recai devagar sobre seu covil. É isso, dali em diante, o tema que o tragou e tornou a cuspi-lo é essa ruína, essa passagem aberta, esse espaço rebentado que funciona como obra no museu.

Foi num dia de julho de 1856 que a muito jovem condessa de Castiglione foi pela primeira vez ao Mayer & Pierson, o ateliê de fotografia da alta-roda. Sabe-se que o estúdio era luxuoso, as gravuras mostram salões, antessalas, pórticos amplos, janelas salientes imensas que banhavam as galerias de luz. Mas nas fotografias descobrimos apenas um salão muito medíocre que parece um quarto de hotel (um armário burguês num canto, um tapete com grandes flores e uma pequena poltrona de veludo escovado que ocupa desajeitadamente um canto da foto). Um dos primeiros fotótipos dela é um retrato de grupo com criança e ama. Ela, Virginia Oldoïni de Castiglione, muito ereta, radiante, sem outro pensamento além do que lhe inspira a segurança de sua beleza; a criança, sentada no centro, distraída; e a ama, ligeiramente afastada, desempenha com perfeição seu papel de utilidade, chegando até, por um sentimento muito agudo de sua posição social, a garantir que seu rosto ficasse desfocado, quase indecifrável.

O fotógrafo, Pierre-Louis Pearson, tem trinta e quatro anos. Ele fotografou tudo o que a França considera mais brilhante no mundinho da época. Desde 1853, é o fotógrafo titular do imperador. A corte, a aristocracia, a alta finança lotam seus salões. Não é de se admirar que Nadar,[2] o republicano, faça um julgamento severo das atividades do ateliê Mayer & Pierson: "Sem se preocupar se a disposição das linhas está do ponto de vista mais favorável ao modelo nem com a expressão de seu rosto, tampouco com a maneira como a luz encontrava-se iluminando tudo isso, instalava-se o cliente num lugar invariável e dele fazia um único fotótipo, opaco e cinza, de qualquer jeito". É, portanto, esse fotógrafo meia-boca, Pierre-Louis Pearson, quem realizará a obra fotográfica mais enigmática de sua época, uma obra ao mesmo tempo secreta e emblemática, ao fotografar essa mulher durante quarenta anos, registrando sem pestanejar seu fausto e sua decadência. Ela não precisa absolutamente que ele seja um artista ou que tenha escrúpulos, precisa apenas de sua habilidade e de sua discrição. Elogiam "a simplicidade das poses que ele sugere, ou melhor, que ele deixa suas modelos fazerem"; dizem que deixa fazer, que dirige de longe e em poucas frases. Quanto ao resto, a cena, a intenção, para resumir, a arte, nada a fazer, é inútil, ela cuida de tudo. E, aliás, uma dúvida persiste: ela não vai se deixar fotografar para obter um resultado, não é pela imagem que ela vai, mas pela substância inapreensível que recobre os pequenos retângulos de cartolina, sobre os quais ela se debruçará mais tarde em vão; é pelo tempo de

---

2. Félix Nadar (1820-1910), fotógrafo, caricaturista e jornalista francês. (N. T.)

exposição, ela está lá pela espera, por aquele momento de perfeito esquecimento de si de tanto pensar nisso.

A bibliotecária postada sobre um pequeno estrado de madeira é muito amável. Dá a impressão de gostar de mim, demonstra até uma ternura especial pela falta de jeito que mostro em relação ao protocolo de inscrição. Parece estar pronta para me proteger de todas as vicissitudes administrativas que não deixarão de se apresentar; ela me explica tudo, sorri, explica mais uma vez, retoma lenta, calmamente, meneia a cabeça com gentileza, substitui o meu cartão de leitor por outro que me dará acesso a outro que me permitirá reservar meu lugar ("e, o mais importante, me devolva o cartão de entrada para que eu o troque pelo cartão de saída, para que eu possa lhe entregar seu cartão de inscrição"). De tempos em tempos, esqueço suas instruções, me abandono à sua benevolência, ao infinito murmurar de suas recomendações. Mas ela acaba perdendo a paciência. Talvez seja minha desatenção o que a exaspera, provavelmente ela teme uma excessiva entrega da minha parte à sua bondade, teme meu excesso de ternura, receia um gesto emocionado, tem o senso das conveniências, mas sua irritação vem também, agora tenho certeza, da conversa que esboçamos à meia-voz sobre nossas leituras de infância, e das poucas frases que ela soltou assim, enquanto desviava o rosto com um ar distraído, ou fingindo estar, dizendo as coisas como de passagem, quase máximas, generalidades pronunciadas rapidamente sobre a melancolia dos livros quando terminamos de ler, depois, baixando mais a voz e falando mais rápido, "o que mais me entristece é ter perdido para sempre, parece, a emoção das primeiras leituras, eu me lembro daquele conto, *A guardadora de gansos*, dos Grimm, conhece? Quando a moça se inclina sobre o rio para confiar a ele suas mazelas, e as três gotas de sangue que sua mãe verteu num lencinho para protegê-la soltam um gemido, *ah! se a sua mãe soubesse disso, seu coração se partiria em mil pedaços*, pois bem, essa inquietação, a doçura do lamento, esse sentimento delicioso da infelicidade, agora, por mais que eu retome o livro, não tem nada, tudo desapareceu (ela empurrou na minha direção o cartão com o número do meu lugar), e os soluços lendo *Lassie: a Força do Coração*! as lágrimas! Simples assim, impossível continuar a ler, impossível, mas hoje, não tem mais nada, nada". Para contornar a ameaça dessa confidência, eu mesma havia logo tentado fazer uma confissão, mas outro leitor apareceu e ela pegou seu cartão após me lançar um olhar cheio de reprovação. Agora ela toma tudo de volta, a bondade, os murmúrios e as confissões. Economiza até nas instruções, me indicando com um gesto seco o cartão a entregar. Agora seu rosto está mergulhado na sombra, mas talvez seja por causa da insipidez da luz que irrompe pela janela alta. Pego meu cartão de entrada e sigo pelo cochichar misturado às páginas sendo viradas, entre os farfalhos e os pedaços de papel, entre os baques de resmas, sigo entre os corpos debruçados sobre pilhas, rostos que desviam do céu, voltando a ele às vezes, como se emergissem do fundo, inspirados, indo tomar fôlego, mas ainda cegos e sem procurar enxergar.

As páginas estão secas como o pequeno esqueleto de um inseto antigo. Toda a documentação sobre a condessa de Castiglione está agrupada em grandes cadernos, reunida, dizem-me, pelo secretário de Montesquiou, um tal de Pinard, cuidadoso, meticuloso, cada documento colado e legendado com uma bela caligrafia: o testamento da falecida copiado pelas mãos de um amigo, os obituários publicados em 1899, os comentários na ocasião da venda de seus bens em 1901, as cartas dos que a conheceram e que Montesquiou entrevistou: "Ela era linda demais para que pudéssemos pensar em fazer algo mais ou menos", escreve mme. Odier com sua bela caligrafia inclinada; Élisabeth de Clermont-Tonnerre conta de um fim de baile na casa dos Nadaillac quando, pela manhã, à luz crua demais de um dia de maio, "o rosto apareceu em toda a emoção, de uma beleza em que o artifício desempenhava um grande papel"; muitos são os que escrevem para dizer que já não sabem, que esqueceram, se esqueceram de tudo – não se deve remexer essas coisas, velhas posses, velhos restos no fundo de um quintal. Montesquiou cola fotos ruins, nas quais não se distingue nada além de silhuetas muito vagas: "Prova curiosa quase indecifrável. Representa-a a bordo de não sei qual barco, os oficiais da marinha ouvindo-a ler, ela com a cabeça descoberta". É um verdadeiro inquérito que ele conduz sobre essa mulher, inquérito sobre uma aparição, sobre *esse tema tão belo* que o inquieta. Ele começa um capítulo, "Influência", e convoca na página de um novo caderno "as imperiosas necessidades que nos impelem, em certos momentos, a temas que nos dominam e nos possuem até que não possamos mais respirar, e quase viver, enquanto não tiverem tirado de nós o socorro de que precisavam para se manifestar sob determinadas formas". Ergo o rosto para as janelas da sala alta. *Mas ela não é nada para você. — Não. — Então. — Então nada.* Mais tarde, andando pelas ruas desertas, ouvi sob um alpendre o fim de uma conversa, quando, da mistura indistinta de vozes, do burburinho plácido que se instala na hora da despedida, destacou-se a última frase, lançada como um discreto adeus: "A gente está procurando algo muito, muito pequeno". O outro ri suavemente na escuridão. Cada um vai para o seu lado. A porta se fecha entre os dois.

Para falar sobre isso, seria melhor se ater ao que dizem os pintores: "Eu cravo meu motivo", diz Cézanne a Gasquet. O que é o motivo? "Um motivo, veja, é isto...", diz Cézanne apertando suas duas mãos. Ele as aproxima lentamente, junta as duas, as aperta, faz uma penetrar na outra, conta Gasquet. É isto. "Aqui está o que é preciso alcançar. Se passo alto demais ou baixo demais, está tudo perdido." Qual é o motivo? Coisa pequena, muito pequena, qual será o gesto dele? Olho seu rosto, este *Retrato com o véu levantado* de 1857, seus olhos caídos, a boca tão enfastiada, contraída, o ar de luto. A tristeza dessa mulher é assustadora, uma tristeza sem emoção, a verdadeira derrota de si, um colapso interior, a desolação. A fotografia pode dar uma imagem, mas para fazer dela um motivo é preciso outra coisa, é preciso, pelas palavras, aproximar lentamente, conjugar, fazer penetrar.

Vago pelos salões do palacete Drouot, espero, vagueio entre os móveis. Sei que vou acabar descendo ao segundo subsolo, sala 16, onde acontece o leilão. Circulo pelos corredores estreitos, abertos entre as mesas e os armários, margeio as *chaises longues* do Segundo Império, os montes de cadeiras de veludo velho, objetos de estilo chinês, mesas de jogo em marchetaria. Deve haver um meio confiável de acomodar a impaciência, um modo metódico de se apresentar com calma diante do que é aguardado, desejado, mas eu não o conheço, apenas diferencio desajeitadamente contornando, olhando para outro lugar, o quê? não sei – até onde o espírito se cansa de deslizar sobre acumulações de objetos, não é possível saber. Os móveis invadem salões afetados forrados de brocado vermelho, salões que são algo entre as gôndolas de supermercado e o gabinete de curiosidades, amplamente banhados pela luz opaca das lâmpadas fluorescentes, uma luz que torna baço, que dá a ilusão do excedente ao seu redor e aprofunda o vazio, um vazio imotivado e incompreensível, enquanto lá fora o céu é teoricamente puro. Eu não olho nada, só uma pequena cômoda de madeira amarela cujas muitas gavetas emolduram, à altura do olhar, um minúsculo espelho manchado, quase opaco. Não olho nada, só penso no espaço que me separa do segundo subsolo, sala 16, eu a imagino, sua luz, seu cinza, os corpos amontoados buscando sempre mais formas para sua solidão, mais objetos para seu consolo. Deixo-me levar ao segundo subsolo pelas escadas rolantes. Imagino que o desejo mais dominado, mais adiado, termina sempre assim: a investida, mesmo cuidadosamente dissimulada, a suspensão dos esquemas, a investida interior, mesmo se, visto de fora, tudo está sempre muito calmo.

A sala 16 é empoeirada, ampla demais para as vitrines quase vazias dispostas no centro, solene demais e como que sempre pronta para receber algo maior do que aquilo que oferece. Reparo desde a entrada em imagens apoiadas na parede do fundo, apresentadas sem cerimônia, quase largadas de modo negligente. Sobre mesas compridas de consulta, algumas pessoas se debruçam e se concentram, viram devagar as páginas de grandes coletâneas e se entendem em voz baixa. Os sinais ostensivos de fausto (o vermelho das tapeçarias, as molduras, os funcionários dignos e corteses) apenas pioram a mediocridade do local, sua insipidez, sua farsa insolente. Eu sento e me dirijo aos especialistas com o que convém de nobre recato (amanhã, no leilão, quem sabe, talvez compre um lote importante) e de pretensa negligência. Eles se desdobram em atenções, são como as paredes, cheios de compunção e de indiferença.

Ela está de pé, os braços balançando, os olhos quase semi-cerrados. Ela está sentada no chão, curvada entre almofadas. Ela está sentada no chão, quase estirada, olhando um menininho vestido de escocês. Ela está com uma sombrinha e uma grande capelina. Ela está tombada sobre um pequeno sofá. Ela está sentada, cotovelos apoiados numa mesa cheia de garrafas. Ela está estendida no chão, parece dormir. Ela está de pé com um leque na mão. Ela está de pé com uma faca na mão. Ela se olha de soslaio num espelho. Ela nos olha através de uma moldura vazia.

Mas então, por que essa decepção? Porque o vermelho das tapeçarias da sala 16 parece cinza sob as lâmpadas fluorescentes e as molduras são de madeira falsa? Olho em silêncio as imagens. Elas estão desbotadas. Finjo encará-las com interesse, mas a decepção vence, vontade brusca de largá-las, de não aceitar nada, de ir embora. Eu as imaginava reluzentes, vívidas, reveladoras de uma presença, tenho nas mãos apenas cópias medíocres, mal protegidas em seus invólucros transparentes, e cuja profusão cansa: este corpo superexposto, essa teimosia em não se satisfazer consigo, essa obstinação em voltar sempre para si, para essa pequena porção de rosto, essas posturas (essa pose negligente, de perfil, a ponta de um dedo que se insinua no decote do corpete, esse olhar insistente dirigido ao fotógrafo, esse ar de quem não quer nada mas insiste, a vulgaridade – e então: a aversão, a vontade de abandonar o tema imediatamente), e sempre a cabeça inclinada, o olhar arisco (eu não sou quem você acha) e ao mesmo tempo súplice (me tome por aquela que eu sou), acreditando cravar sua verdade e apenas simulando. Janouch, falando de fotografia, um dia disse a Kafka: "Esta máquina é um Conhece-te-a-ti-mesmo automático". Mas essa mulher não vem se conhecer, ela vem se confirmar, se repetir, ficar para sempre imóvel na ignorância de si mesma. E Kafka responde: "Talvez queira dizer Desconhece-te-a-ti-mesmo! Todas essas cabeças pendidas dos retratos fotográficos, essas cabeças submetidas à imagem". Abandonar o malefício dessa submissão, romper com essa crueldade. Lanço um olhar de inveja às outras coleções de imagens que estão expostas não muito longe. Preferiria comprar aquela paisagem romana – folhagens pesadas inundadas de luz conduzindo à sombra de uma vila, 1880, cópia da época em carvão, essa calma, essa distração, essa falta de intenção –, mas é preciso se acostumar, não é isso que estou procurando. Olho de novo as fotografias. Nelas vemos uma mulher trajando o luto de seu corpo.

A madre Angélique Arnauld, superiora de Port-Royal, escrevia a um admirador: "Não posso perdoar o desejo vão que o senhor tem de possuir meu retrato, e digo-lhe perante Deus que acreditaria ofendê-lo mortalmente ao consentir que me fotografassem. Será possível que não enxergue de todo a vaidade do desejo e a grave falta que eu cometeria ao consenti-lo?".

Esse Pierson devia conhecer bem as mulheres, tinha um bom olho. Devia ser, a seu modo, uma espécie de Charcot:[3] sabia olhar um corpo, entendia do assunto, sabia que não é preciso tocar para captar, um pouco de distância basta. E a invenção de um dispositivo. Como o de Yves Klein em seu ateliê de antropometrias:[4] é preciso altura, e luvas brancas. O modelo nu unta abundantemente o corpo com tinta, em seguida se deita com cuidado sobre a grande folha de papel branco estendida no chão. O pintor, do alto de uma escada dobrável, dá as instruções num tom muito sério, bem articulado, lento, um pouco como se recitasse salmos: "Vamos, passe a tinta, isso, bem em volta da barriga e na coxa, sim, bem em cima da barriga (um tempo), nos seios (uma pausa), bom, muito bom, se aproxime bem da superfície, vire-se, pressione bem, cuidado, cuidado, cuidado, a barriga, pressione bem a barriga, vamos!! pode sair, pode sair! ah, isso! está mesmo muito bonito, muito, muito bonito mesmo". Toda semana, a Castiglione vai então até aquele que sabe

---

3. Jean-Martin Charcot (1825-93), neurologista francês cujos estudos sobre histeria e hipnose inspiraram Pierre Janet e Sigmund Freud. (N. T.)

4. Ne década de 1960, o artista francês Yves Klein (1928-62) explorou o monocromatismo numa série de telas chamada *Antropometrias*, que consistiam na impressão de corpos femininos nus recobertos de tinta azul sobre papel. (N. T.)

olhá-la. O fotógrafo ajusta suas máquinas, talvez eles conversem, mas pouco, devem ter o hábito do silêncio, estão trabalhando. Toda semana, ela vai se aproximar da superfície, vira, revira, pressiona o corpo e sai. Ela atravessou os grandes salões da recepção de tetos pintados com alegorias (a Aurora com dedos de rosa, o Sol em sua carruagem, a Noite vencida depondo as armas), depois, os salões de exposição, *lá apenas ornatos, apenas astrágalos, o ouro, a seda, o bronze ali resplandecem*, dizem os cronistas, e atrás, as cabines de toalete, e além, no labirinto dos corredores, nos espaços reservados, os laboratórios obscuros, *ali tudo é negro como um túmulo*. Esse lugar é montado como o subsolo de um teatro, telas móveis que obedecem a molas invisíveis mensuram a luz e modificam a inflexão de seus raios seguindo as necessidades da operação, telas de todos os tons deslizam em suas ranhuras e formam o fundo do quadro, céus pintados, fundo do mar e castelos fortificados, acrescentam-se acessórios, balaustradas, bancos, colunas, barreiras, rochedos, plantas em vasos e um móvel de carvalho esculpido que se transforma, de acordo com o que se deseja, em chaminé, piano, genuflexório, escrivaninha. Está pronto. Ela pensou bastante no objeto da sessão, qual cena, qual figurino, qual personagem? e a luz, a direção do perfil, e a história, o relato de si mesma, a lenda a cada vez retomada, reinterpretada, com incisos incontáveis e variantes, a história interior, certos dias murmurada, em outros fiada, fluida, um canto. Montesquiou conta que ela volta para casa para se trocar, apanhar um acessório, vestir uma roupa. Podemos também imaginar que ela se despe numa das pequenas cabines contíguas ao estúdio, ela mandou levarem alguns figurinos para lá, será Judite ou Elvira ou a rainha da Etrúria, é uma normanda da região de Caux (sentada bem ereta numa pequena cadeira de palha, de vestido de lã vermelha, avental azul-escuro, penteado alto em fina guipura, ela tem nas mãos um tricô, uma meia grossa listrada que ela parece terminar, os cotovelos junto do busto, mas, sob as anáguas de tecido pesado, as coxas estão afastadas, pernas solidamente plantadas, pés presos em sapatinhos de verniz com tiras, o novelo rolou no chão, um estranho sorriso bobo paira em seu rosto), é uma marquesa do século XVIII, é uma carmelita severa, ela é a Beatriz de Legouvé, ela é Virginie, a casta afogada, é a devoradora de homens como Donna Elvira, ela se veste de chinesa, de finlandesa, é um funeral, um banquete, um baile. Ela se prepara nos bastidores, é preciso imaginá-la hesitante diante do grande espelho de piso, experimentando acessórios, joias. A sessão começa. Ela aparece no pequeno cenário sempre arranjado para a exposição, a sessão começa, é o grande número da aparição da Mulher. Ela vai tentar reunir a dispersão de gestos e sentimentos para fazer deles uma imagem e apenas uma – em um momento e apenas um, construir toda uma narrativa. Ela se aproxima, vira, revira, pressiona e sai. Cuidado, cuidado! Vamos! Nos mesmos anos, o ilustríssimo Robert-Houdin escrevia, em seu manual de prestidigitação, uma oitava recomendação: "Ainda que tudo o que dizemos em uma sessão não seja, sejamos francos, nada além de uma rede de mentiras, devemos nos compenetrar bastante do espírito do nosso papel para acreditar na realidade das fábulas que inventamos". Ela se compenetra, ela se compenetra. E quando a sessão termina, enquanto Pierson dá suas instruções ao laboratório, ela ainda continua um pouco, ela não pensa em mais nada, o teatro interior por fim relaxa, os fantasmas são liquidados. Ela olha a chuva cair nas vidraças, as gotas opacas estreladas sobre o vidro. Ela se mantém lá, inerte, como encerrada sob as águas, quase esgotada, mantendo-se imóvel no grande vazio luminoso do estúdio, confiando-se um instante ao silêncio e à ausência de imagens, desaparecendo, levada, engolida na brancura.

Em 2005, a atriz Isabelle Huppert foi fotografada por Roni Horn. O rosto está limpo, sem maquiagem, sem subterfúgios. A série intitula-se *Retrato de uma imagem*. Alguém me contou que a atriz condensou em cada foto a identidade de um de seus grandes papéis, Madame Bovary, a Rendeira, Violette Nozière... Então nos debruçamos, olhamos, mas não vemos nada, nada além do rosto da atriz em cada foto, um rosto de traços abatidos, tez turva, o olhar é duro, a textura da pele irregular, um rosto natural, pensamos, uma mulher normal, bonita como todas, feia como todo mundo, e que renuncia aos acessórios para nos mostrar o verdadeiro trabalho: que Madame Bovary não era uma capelina e um vestido armado, mas um detalhe, aquele detalhe, imperceptível, aquele canto caído da boca, aquele afastamento calculado entre a sobrancelha e a pálpebra, não vemos nada, mas está lá, aquela intensidade, aquele trabalho sobre a nuance ínfima, verdadeiro trabalho da atriz. Olhamos de novo. Não, não é isso, o único tema da série não é o trabalho da atriz, não é a incrível construção invisível da interpretação, o único tema é ela, como poderia ser diferente? Aliás, a atriz disse: "Quando fazemos uma foto, temos vontade de saber quem somos, de estar mais perto de si". O único tema é simplesmente essa mulher, sua nudez, é o consentimento à banalidade do seu rosto. Em algum lugar do olhar de outra mulher, ela depôs os traços de sua feiura. Talvez seja o que os teólogos de Port-Royal chamavam "retrato verdadeiro" (sob a aparente simplicidade, um retrato de excesso e de humilhação, verdadeiro retrato de si mesma, o informe em sua própria forma, quem sabe). Uma mulher conhecida por sua beleza, Isabelle Huppert, sua pele tão branca, sua boca tão fina e ocre, seu olhar gélido, sua presença impávida, ousa se mostrar para nós sem subterfúgios. Tal e qual. Verdadeira determinação. Quase coragem. No entanto, por um de seus ardis retóricos próprios da representação de si, esse retrato verdadeiro é, no próprio excesso de sua sinceridade, um cúmulo do artifício e da sedução. Ele declara exatamente o que pretende não dizer. Falso testemunho de que ela foi (ela que podia usar amplamente a ilusão em todos os gêneros da fotografia), como as outras, como todas as outras, ela que, sabemos bem, não devemos nunca esquecer, essas imagens estão lá para nos lembrar, ela que é sempre mais do que as outras, já que expõe o que todas nós queremos dissimular, já que consente a sua imperfeição, já que consente sua feiura. Nadar lhe dizia: a pose fotográfica é uma doença do cérebro.

Uma outra cena. O fotógrafo chama-se Bert Stern e a modelo, Marilyn Monroe. Ele a faz girar no espaço, indica-lhe poses, acessórios, dá algumas instruções. Repete que a quer em estado puro, nua. Ele lhe diz outra vez. E mais, ele escreve isso. Ele acredita piamente nisso. No entanto, sua modelo se oferece facilmente, mas o fotógrafo gosta de acreditar que será difícil. Para concluir, ele contorna a dificuldade que inventou, e a embriaga para poder fotografá-la.

Em um dos seus retratos, por volta de 1861, ela copia estes dois versos: "Vendo a Dor tão bela/ Quem poderia querer Felicidade?".

E, de repente, sala 16, alguma coisa aparece. Uma mulher de costas se mantém debruçada, curvada em direção ao verso da imagem – se é que isso existe. Dela só se vê o volume de uma capa luminosa jogada em nossa direção, a massa suntuosamente vaporizada de um cetim branco bordado com plumas de ganso deixando aparecer, num deslize, os ombros nus. A foto se chama *Baile da Opéra*. A Castiglione triunfou, em seguida perdeu tudo, exilou-se e, depois de ter suportado a humilhação e o isolamento, volta, crê vencer, mas enfrenta a brutalidade de uma nova derrota. O estúdio do fotógrafo torna-se então o espaço fabuloso onde ela ostenta em silêncio seu império e escreve a sua lenda. Uma mulher de costas se debruça em direção ao fundo da imagem onde mal se distinguem alguns acessórios decorativos (um lambri decorado com sementeiras, um pequeno gueridom, um buquê, um lornhão que capta um lampejo de luz) e de onde se destaca, como suspenso na sombra, o plano de um grande espelho diante do qual ela se mantém assim, inclinada em reverência. Ela nos dá as costas, oferecendo-nos pacientemente apenas a massa truncada de seu corpo (a cabeça estendida em direção ao espelho desaparece no fundo, na sombra), um corpo sem formas, inteiramente absorvido pelo domo de tecido chamalote que cai em pesadas pregas e de onde brota o perfeito torneado dos ombros, puro curvado de carne, linha clara no excesso de claridade. Essa mulher aguarda paciente. Ela espera que a máquina fotográfica faça sua lenta captura. Do fundo obscuro de sua própria imagem, na água velha e suja do espelho, ela nos olha, uma mulher se debruça em direção ao fundo de sua própria imagem, se oferece ao mesmo tempo ao espelho e à objetiva. Sobre tiragens argênteas mais antigas, como aquela outra da Maison Braun conservada nos arquivos departamentais do Alto Reno, distingue-se, um pouco sépia, o reflexo desfocado de seu rosto estendido em nossa direção na sinuosidade do espelho. Num dia de, digamos, 1863, ela entrou no estúdio do fotógrafo, eles combinaram pacientemente os detalhes dessa cena. Não sabemos quanto tempo duravam as sessões, algumas eram longas, às vezes dez, quinze tomadas, figurinos, acessórios, um verdadeiro ensaio, e a pose, incômoda, sem contar a tiragem das placas de vidro com colódio úmido que devia ser feita logo após cada foto, tudo é construído, afetado, nada escapa. Essas imagens, esta em particular, falam apenas da longa preparação de um corpo para o combate, apenas da longa exposição de um corpo à sua própria sedução, àquele combate, àquela morte de longo fôlego, minuciosamente premeditada. Nada de patético nessas imagens, tampouco de fulgurante, nada do que encontramos com frequência na fotografia, o elogio do instantâneo, o impulso, a irrupção, o ímpeto, nenhum desses gestos heroicos que persistem em uma foto, mas que na realidade foram apenas um breve apocalipse: um homem assoma no alto de uma colina, atingido em cheio, se erguendo e ruindo ao mesmo tempo; uma mulher se volta para a objetiva num movimento de contente surpresa; uma mulher erguida sobre uma pirâmide de corpos levanta com um gesto largo a bandeira de uma nação; um condenado à morte olha a objetiva com aquela insistência calma que é a própria marca da passagem, *transido* como já é. Aqui, ao contrário, tudo é imóvel, tudo é captado na duração, na persistência do corpo que se expõe, que persiste na pose, que se fita assim em seu reflexo, nos olhando olhá-la a se olhar, essa mulher observa, ela é o predador, ela é sua presa, ela é o cisne, ela é Leda, ela só espera ser captada, extasiada, mas somente por si mesma.

*

Não é certeza que alguém já tenha visto nos olhos dessa mulher o que Ovídio descreve em *A arte de amar*, a hesitação, a "luz tremeluzente em seus olhos brilhantes, como uma poça de sol na superfície das águas".

Tudo começa por um resquício desolador, a ruína de um guarda-roupa e de um pequeno salão negro com objetos. O apartamento, um galinheiro, ela dizia, um velho recanto imundo num quarteirão da rua Cambon, acima do café Voisin, o apartamento onde ela acaba seus dias em novembro de 1899 está mergulhado numa sombra suja. Robert de Montesquiou sobe ligeiro um pequeno lance de escada, não se demora no pardieiro onde a divina Castiglione terminou sua vida, aproxima-se do caixão onde ela repousa, enfim calma, branca, tão pálida. "Tinha razão", um amigo lhe dissera, "tinha razão em se manter afastado de sua decadência física; mas pode, deve vê-la, hoje que a Morte acaba de conferir a seus traços, junto com a serenidade de antigamente, a beleza do mármore". Por muito tempo ele desejara ser apresentado a ela, mas era a década de 1880 e há muito ela rechaçava os olhares, então ele vagava às vezes, na época em que ela morava na praça Vendôme, já reclusa, semimorta, "é tarde demais para recomeçar a viver quando já se começou a morrer", ela dizia, ele vagava sob suas janelas, à espreita, buscando os sinais de uma presença, falando de um *certo canto*, de um canto perturbador para onde sua obsessão o arrastava, "não esquecerei jamais a emoção que tomou conta de mim no dia em que soube que uma mulher vivia atrás das persianas sempre fechadas de um certo canto da praça Vendôme e que essa mulher era aquela cujo nome tinha se tornado sinônimo de beleza". Agora que ela está morta, ele segue num sussurro de vozes abafadas, as apresentações acontecerão, ele vem aqui sem lembranças, abrem espaço, ele vai enfim conhecer o princípio de toda a beleza, descontada a presença, descontado o ânimo e o olhar. Ele se debruça sobre o caixão.

O que ele viu? O que pode ter visto? Ele admirava nas mulheres "o cinzelado das cartilagens, o desenho das sobrancelhas, a sinuosidade da boca". O que se pode ver em um rosto defunto, em um rosto que não se pode ao menos ter entre as mãos? "Cuidado!", disse suavemente minha mãe enquanto eu me debruçava para beijar a fronte do homem que ela tinha amado, "cuidado! Ele está frio". Apesar da advertência materna, encostei os lábios sem nenhum pressentimento do que poderia ser esse frio, o frio da morte, a dureza do rosto congelado, o entrechoque dos lábios e do rosto do pai fixamente retido em seus traços, ausente, caído no fundo de sua própria máscara, oferecida como nunca (eu nunca teria ousado encostar os lábios nele com tal devoção) e retirada para sempre, não fugidia, não inapreensível como uma presença que se queria reter e que escapa – aqui, brusca lembrança dos versos de Rilke pranteando aquela que se recusa: "Uma noite tomei nas mãos/ teu rosto. A lua o iluminava/ Oh, a mais inapreensível das coisas/ sob um excesso de prantos.// Era quase um objeto dócil, simplesmente lá,/ calma como uma coisa, a mantê-lo./ E no entanto não havia, na fria/ noite, um ser que me escapasse mais infinitamente" –, não, não essa corrida perdida rumo ao que desvia, rumo ao que está dolorosamente vivo e que se esquiva justamente porque está vivo, mas um rosto, esse rosto, de todo oferecido e agora inacessível, retirado de modo banal, colocado tolamente à parte, ali, na morte.

Há todas as fotografias, talvez quinhentas, não se sabe bem, sabe-se apenas que nenhum contemporâneo foi mais foto-grafado que essa mulher. Em 1913, Montesquiou possuía 434 delas. Esse número é quase inconcebível para a época (são muito mais fotos que as de Lisa Lyon por Mapplethorpe, muito mais fotos, talvez, que as de Cindy Sherman por ela mesma). Montesquiou provavelmente tentava conservar o que Nadar por sua vez queria captar, o "espectro impalpável que esvanece assim que é percebido sem deixar uma sombra no cristal do espelho, um frêmito na água da bacia", o que Proust também tentaria, o que a literatura busca obstinadamente tateando.

O retrato mais parecido talvez seja este grifo desajeitado, uma frase titubeante, informe, uma dezena de linhas ilegí-veis, traçadas por um escritor numa folha branca durante uma sessão de fotos. Uma legenda indica no pé da página: "O fotógrafo me disse: 'Vou fotografá-lo em sua escrivaninha.

Escrevinhe'. 9 de maio de 1979". A face talvez um pouco contrita, o olho melancólico e o sorriso carente, como se vê muito nas fotos, Roland Barthes, é ele mesmo, assumiu a pose do autor: sentado à sua escrivaninha, traçando ao acaso uma série de caracteres formados sob o olhar do outro, linhas, uma escrita simulada, verdadeiro retrato do escritor condenado à sua caricatura – retrato da própria fotografia, talvez. Não se sabe se ele guardou as fotos dessa sessão, mas guardou os rabiscos, projeção secreta e contrafeita de si que fica sobre uma página branca das pastas esquecidas, conservada como se fosse uma imagem, colocada de lado. Ele que dizia que os fotógrafos sempre "falharam em captar seu ar" e que dele só restaria a identidade mas não o valor, talvez tenha sido a essas poucas linhas enigmáticas que ele confiou o cuidado de preservar um pouco do que considerava ser o seu. Ele está justamente – as datas o confirmam – escrevendo o primeiro esboço de *A câmara clara*, seu livro sobre a fotografia. Naquele dia, deixou seu trabalho por um instante para receber o fotógrafo. Acabou de terminar, talvez, a página manuscrita que, no meio do livro, começa com estas palavras: "Ora, numa noite de novembro, pouco depois da morte de minha mãe [...]".[5] Ele conta que vaga no apartamento então vazio, abre uma gaveta, olha algumas fotos esquecidas. Conta a busca vã de um rosto amado que se foi para sempre. Ele

---

5. BARTHES, Roland. *A câmara clara: nota sobre a fotografia*. Trad. de Júlio Castañon Guimarães. Rio de Janeiro: Nova Fronteira, 2018.

gostaria de superar a dor, esgotá-la no deslumbre de um reconhecimento, ele queria, diz, encontrar o êxtase – mas o que é o êxtase? um branco, um fluxo, uma palavra? (está no seu corpo ou fora do seu corpo? Não se sabe). Mas de repente, aqui está ela. É uma foto de sua mãe criança, uma *fotografia* [...] *muito antiga. Cartonada, os cantos machucados, de um sépia empalidecido,* tirada no jardim de inverno da casa natal, é ela, *na extremidade de uma pequena ponte de madeira em um jardim de inverno de teto de vidro* [...] *ela unira as mãos, uma segurando a outra por um dedo, como com frequência fazem as crianças, num gesto desajeitado,*[6] é ela, aqui está. Numa aparição radiante, a imagem é tão tangível quanto a lembrança, num instante tudo se harmoniza, tudo em si coincide na síntese fulgurante da descoberta – comoção gravada, impressão do soluço.

Ela deixa a cargo de um tabelião, um velho amigo, algumas páginas de instruções escrupulosas que ela chama de "Religião, vestimenta, acondicionamento fúnebre" e que não serão, é claro, respeitadas. Ela deixa montes de tecidos, joias de grande valor, deixa desejos, ainda alguns desejos, é preciso por exemplo colocar no caixão junto com ela seus dois cães empalhados, Sandouya e Kasino, um sob cada pé, formando uma almofada como se fazia com os grandes jacentes de Saint-Denis, "meus queridos trajando um belo vestido de inverno preto, branco e

---

6. Ibid.

violeta com meu monograma, e seus nomes e suas coleiras de flores cor-de-rosa e ciprestes", ela escreve, é necessário o travesseirinho "designado e preparado desde já por mim" etc. Quanto aos desejos, podia-se muito bem acondicioná-los no caixão, grande alívio, mas os bens preciosos e as joias, ou o último adorno que ela tinha escolhido para si, "camisola de Compiègne 1857, cambraia, rendas e penhoar longo listrado, veludo preto, pelúcia branca; no pescoço, o colar de pérolas de moça, nove fios, seis fios brancos e três pretos, colar de costume que sempre usei, com a moedinha furada e fecho de cristal, monograma e coroa, que as figurinistas todas conhecem; nos braços nus e pendentes, minhas duas pulseiras, uma pérola ônix no meio e uma esmaltada preta com estrela e brilhantes, que estão em outro lugar", para tudo isso havia destino melhor, ninguém imaginou enterrar essa pequena fortuna com a mulher, e tudo foi colocado à venda em Drouot em junho de 1901.

Robert de Montesquiou compra as peças mais importantes. Ele as classifica, expõe algumas em seu Pavilhão das Musas, cola outras em grandes cadernos, as nomeia, por exemplo esta foto de 1856, uma das mais belas, que ele intitula O olhar: ela está sentada um pouco abaixada, inclinando-se em nossa direção, atenta, quase meditativa, parece interrogar ternamente aquele que a olha. Sob essa doçura, encontro o mesmo olhar feroz e súplice que o de uma amiga fotografada por seu amante, ela era manequim, ele, fotógrafo profissional, e quando eu passava bastante tempo em sua casa, ela mostrava as fotos e contava, sempre voltando a essa última sessão: "Eu olho para ele, estou pensando que vou deixá-lo, mas ele ainda não sabe, dá bem para ler nos meus olhos que vou deixá-lo, não dá? É a foto mais bonita que já tiraram de mim". Anos mais tarde, quando fui deixar o homem com o qual eu morava, sugeri que ele tirasse uma foto minha. Diante da objetiva, eu procurava mentalmente me parecer com a imagem da minha amiga: olhos súplices, um lampejo de ferocidade, um último truque para dizer a verdade. Look at my face, my name is Might Have Been, I'm also called No More, Too Late, Farewell — era a frase de Dante Gabriel Rossetti, que um belo jovem, Edgar Auber, copiou no verso do retrato que Marcel Proust lhe pediu imediatamente. Vai ser a foto mais bonita que eu já tirei de você, me disse o homem que eu deixava e que ainda não o sabia.

Uma noite, num hotel de Pont-Audemer, encontrei na gaveta da mesa de cabeceira um livro esquecido e que li de uma assentada, é *A morte de mrs. McGinty*, de Agatha Christie: "Por que guardamos fotografias? Não é vaidade, nem sentimento, nem amor – ódio talvez... O que acha?".

De tempos em tempos, olhávamos o álbum e, se não estivéssemos cansados desses relatos mudos que deixavam as bochechas vermelhas como depois de uma história longa demais, assim que fechávamos os álbuns, abríamos também os grandes envelopes que guardavam as fotografias avulsas. Não nos cansávamos de encontrar rostos que não tínhamos conhecido, lugares que não nos diziam nada, cenas indecifráveis de tão banais. Mas o efeito de estupor sempre intacto vinha das fotos rasgadas: um único personagem, minha avó, ou então minha mãe criança, permanecia na imagem, e perscrutávamos o papel branqueado pelo rasgo com a mesma irritação que se sente com um relato interrompido bem no meio de uma frase. O que faltava, o que precisara ser omitido, com um gesto enfurecido ou prudente, era sempre um homem.

Minha mãe com frequência me contava sobre a dureza de sua mãe, a indiferença dela a seus medos infantis, o coquetismo, a tirania. Ela me contou sobre as longas noites que passara sozinha, aos oito ou dez anos, chorando em seu lencinho a ida daquela que tinha saído sem olhar para trás, conservando-o até o dia seguinte, dobrado, úmido, para dar a ela. Numa caixa revestida de couro velho, guardou os bilhetinhos que deixava para ela no gueridom da entrada ou em cima de seu travesseiro, ela guardou também o lenço dobrado sobre as lágrimas secas. Contou as lembranças de sofrimento ou de humilhação, as ameaças, as traições. Nada além, é possível dizer, da crueldade habitual de uma mãe insatisfeita (na família, os que não tiveram que suportá-la, os homens em geral, diziam que minha avó era uma "galhofeira"). Nada além.

Almoçando com C., "autoritária e sedutora", como diz seu círculo social, eu deveria ficar atenta, manter distância, mas eis que depois do ovo com maionese ela me olha, sem que eu saiba por quê, com um ar amável, o tom de sua voz é quase afável, ela sorri para mim. Então, de repente, uma emoção dolorosa me aperta a garganta, uma alegria quase louca me invade, todo o meu corpo sofre com esse abraço brutal, isso não dura mais que um instante, mas num segundo sou aniquilada de felicidade, o quê? que felicidade? a de apaziguar o ódio, de escapar da destruição e de não me sair tão mal? a de ter o reconhecimento de uma mulher?

Vamos tentar de novo. Vamos retomar. É tão difícil assim contar uma história, começar por um começo, terminar por um começo, se atulhar só de detalhes, de incidentes menores, de sobrevoar os eventos indicando-os rapidamente, como Nadar em seu balão dominando a cidade, captando tudo, de uma só vez, mas de longe – e então, poderia ser:

Em Turim, ela tem dezessete anos, é recém-casada, convidada, lhe oferecem sorvetes e balas, pedem que ela solte os cabelos, a rainha a penteia demoradamente – ou então:

sua mãe exclamava abraçando-a: "Eu gerei uma obra-prima!" – ou então:

nascida Virginia Oldoïni, em 22 de março de 1837, em Florença, a chamam Virginicchia, Nichia, "Darling Beauty", ela se torna condessa de Castiglione em 9 de janeiro de 1854, tem dezesseis anos,

*

ela escreve seu diário em francês, usa códigos para contar sobre os beijos que dá, os que recebe, os abraços aos quais ela nunca se entrega,

sua estreia é fantástica, a adulação em torno de sua beleza de tirar o fôlego, como é possível?, os convites, o olhar dos homens,

em Florença desde os treze anos ela já tinha, dizem, seu camarote no *Pergola* e sua carruagem nas *Cascine*,

o eterno trabalho da beleza, todo esse trabalho por um olhar, o esgotamento das tardes, quantas tardes imaginando os trajes da noite, preparando a entrada – mas também:

ela é prima distante de Cavour, presidente do Conselho desde 1852, ela é apresentada ao rei de Piemonte – ou melhor:

ela tem dificuldade de se conformar, como todas as outras, sob o choque da bula de 8 de dezembro de 1854, *Ineffabilis Deus*, que declarou a Imaculada Conceição da Bem-Aventurada Virgem Maria incólume de toda mácula de pecado, *forjada pelo Espírito Santo, pura Criação do Espírito,*

*

as joias, os homens, o poder, o que cai em suas mãos
sem que tenha sequer tempo de desejar, ela quer,

criança, ela era obstinada, caprichosa – imaginamos
facilmente essa odiosa bonequinha cheia de sofrimento
diante da qual tudo deveria ceder para sua grande
decepção –, mas o traço que a caracteriza absolutamente talvez seja a teimosia que demonstrou em possuir
a torre – desenvolver um pouco:

essa torre, um edifício redondo na ponta de um pare-
dão na costa de sua propriedade em La Spezia, alguns
dizem: o terreno dos sonhos empoleirado sobre o mar,
outros: um espaço de fúria, ali se lança um sentimento
contra a pedra e ele volta em cheio no coração, mais
duro; enfim, querê-la com todas as forças, essa torre,
possuir o perímetro da perfeição, mas ela é sua, é claro,
ela é sua, minha querida, não, não é o bastante, é necessário o ato notarial, são necessárias as assinaturas, e não
apenas a segurança falsa e adocicada da palavra, passa-
mos diante do notário e ela possuiu a torre – ela possuiu
a beleza do mundo, o domínio e o tormento do céu, seu
estupor e a louca solidão que vinham junto,

mais tarde, ela resume a lista de seus desejos de além-
-túmulo num folheto manchado de tinta: "Portanto,

1º Sem Cruz 2º Sem Padre 3º Sem Igreja 4º Sem Serviço 5º Sem Flores 6º Sem Exposição 7º Sem Velório 8º Sem Médico 9º Sem Juiz 10º Sem Comissário 11º Sem Cônsul 12º Sem Embaixador 13º Sem Enviado Especial 14º Sem Sinetes 15º Sem Herdeiros 16º Sem Acompanhantes 17º Sem Pompas Fúnebres 18º Sem Comunicado 19º Sem Informações 20º Sem Jornais",

enquanto isso, é preciso descrever a França na primavera de 1856, os bailes, as recepções, os jantares, Compiègne que dá início à estação, os bailes de outubro e de novembro, em janeiro o grande baile das Tuileries, depois o baile de máscaras da Opéra, modas lançadas no fim de março nas corridas, depois as estâncias das águas – nada disso lembra o ócio, pelo contrário, um trabalho monstruoso,

o desejo de um destino político, uma grande inteligência – daí a crer que ela negociou a unidade italiana junto a Napoleão III porque tinha dormido com ele,

ela quer as coisas ferozmente e sem ardor,

ela tem ardis e crueldades comuns, do tipo "acalme-se, ora acalme-se", apertando o pretendente contra o seio,

1856, ela chega à Paris descrita por Victor Hugo: "O pão, o circo, as festas, os hipódromos, os fogos de artifício, as luzes, os *Te Deum*, os desfiles, o grande espetáculo gratuito do teatro imperial",

ela chega no primeiro dia de primavera enquanto Nadar se eleva num aeróstato acima do Arco do Triunfo, primeiro fotótipo da cidade vista do alto, ela se encontra provavelmente em algum ponto do aterro das ruas, na perspectiva concatenada dos quarteirões ao redor da praça Vendôme, nós a adivinharíamos na neblina de pedra que ocupa as bordas da imagem,

sim, ela está lá, fechada em seu budoar, estendida num sofá, experimentando um vestido, depois outro, depois outro, o balão se lança sobre a cidade enquanto embaixo ela se tranca em sua beleza,

um ano mais tarde, é o processo de *Madame Bovary*, é o processo de *As flores do mal*,

uma madrugada, ela empreende uma excursão sobre os imensos telhados do Louvre na companhia do superintendente das Belas Artes, Nieuwerkerke, "Suba, suba, minha cara, eu vou em seguida", ela vaga ao longo das cornijas, percorre os frontões, "Suba, suba mais, a senhora está aí?",

e até o doutor Blanche, o bom alienista, delicado, fino, cheio de atenções, se põe em ação: "Gounod vem sábado passar a noite em Passy. Eu lhe prometi a felicidade de encontrá-la. A senhora me permitirá manter minha promessa? Eu lhe serei muito grato, por ele, por mim e por todos os amigos para os quais será uma grande ventura poder admirá-la",

aqui uma anedota: Charcot inventa o "compressor ovariano" para acalmar as mulheres que enlouqueceram por seu próprio sexo,

mais tarde, um homem lhe escreve: "A senhora sabe que gosto que me chame de besta, estúpido, imbecil, mas eu gostaria, quando estamos longe, que a senhora acrescentasse uma palavra de ternura",

e ela mesma escreve a este ou a outro: "Rogo a Deus que me conserve em sua apaixonada adoração. Creia em meus bons sentimentos pelo senhor",

ela os odeia por não poder fazer nada além de amá-los, por amar que fiquem desarmados diante de seu ódio, ela os odeia por ter se mostrado tal como era por um instante, um instante de abandono – não esquecer: fazê--los sempre pagar por isso,

e até a criança, o menininho, esse Georges que ela veste como menina, a criança abandonada no meio dela mesma, o pequeno figurante ideal de suas fotografias, silencioso e dócil, segurando a cauda do vestido, carregando seus acessórios, esse corpo franzino de cabelos longos, com flores e com joias, essa existência enterrada sob a enorme presença da mãe,

mais tarde só restará um pouco de pó ressecado, porta-buquês, bandejinhas, pranchetas, vasos balaústres, móveis de pereira ou de jacarandá, espelhos bisotados, candelabros, saltérios, jardineiras e jarros, copos de metal, galhetas,

restarão alguns relatos: por exemplo, os convites para as séries de Compiègne, a decadência organizada, diziam, "Sou convidada para Compiègne, estou vendendo um moinho!", clamava uma duquesa, os jantares para cem serviços na grande galeria faustamente iluminada, os esquadrões de *maîtres* em trajes azul-celeste, botões de aço, espada ao lado, as tropas de criados de pé empoados em grande libré à francesa agaloada de ouro em todas as costuras, o fausto, a sedução, os jogos, os passeios em Pierrefonds, as longas tardes de outono, Mérimée joga xadrez com a duquesa de Bassano, mais além Claude Bernard joga paciência, enquanto perto da fogueira Gustave Flaubert escreve uma carta: "O mais severo aqui é a troca de trajes e a exatidão das horas",[7]

*

---

7. Carta de Flaubert de 17 de novembro de 1864, enviada à sua sobrinha Caroline. (N. T.)

ah, seria preciso também recompor sua voz, as vozes do século XIX, seria preciso reter tudo o que escapa, "ai", exclama Villiers de L'Isle-Adam, "se pudéssemos ter registrado os ruídos do passado, quantos sons misteriosos foram percebidos por nossos antepassados que, na falta de um aparelho conveniente para retê-los, caíram para sempre no esquecimento?... Onde foram parar os barulhos da queda do Império Romano, os barulhos que correm, os silêncios eloquentes, tudo o que o fonógrafo não pôde *estereotipar*...", seria preciso reunir os testemunhos: Alfred Delvau dizendo que Nadar tinha a voz estridente, Jacques-Émile Blanche lembrando que a Castiglione tinha a voz roufenha, rouca, dura, imperiosa,

e D'Annunzio dizendo à condessa: "Eu daria a maior parte de seus retratos, numerosos demais e diversos demais, apenas para conhecer o timbre de sua voz",

não esquecer a simultaneidade: lembrar que quando ela se prepara para o baile de ***, em maio de 1857, os leitores de *O artista* leem "O Heautontimoroumenos" de Charles Baudelaire: "Em minha voz ela é quem grita!/ E anda em meu sangue envenenado!/ Eu sou o espelho amaldiçoado/ Onde a megera se olha aflita",[8]

---

8. BAUDELAIRE, Charles. *As flores do mal*. Trad. de Ivan Junqueira. Rio de Janeiro: Nova Fronteira, 2015. (N. T.)

*

incluir a descrição do paraíso na terra: a casa natal de
La Spezia – retomar o relato daquele turista dos anos
1880: vilas destacando-se no declive acima do mar, terraços de mimosas, bosques de ciprestes, caminhos de
rosas, guirlandas de vinhas, caminhos de parreiras, oli-
veiras, figueiras e nogueiras sobre as rampas em terraços,
abraçam toda a enseada translúcida (em vez de ali, ela
acabou seus dias num mezanino obscuro),

dar simplesmente a data de sua morte: 28 de novembro
de 1899 – ela balbuciou então a palavra final indecifrável de sua existência? Uma fórmula, um desejo, uma
imprecação, o nome de um homem amado, o nome de
um cachorro? Não se sabe; até lá,

ela terá girado sem parar em torno de seu reflexo, alguns
meses de festas e de prazer, a embriaguez da beleza, do
poder, e sobretudo o gozo insaciável, o inabalável gozo
de ser olhada,

como a condessa Greffulhe, que ainda não era duquesa
de Guermantes, escreve: "Não creio que haja no
mundo prazer comparável ao de uma mulher que se
sabe objeto de todos os olhares. Sentimento composto
de um excesso de vida e de alegria, de orgulho, de inebriamento, de generosidade, de dominação, de realeza

oferecida e desprezada. Como viver quando não se pode mais provocar essa grande carícia anônima depois de tê-la conhecido e experimentado?",

e a humilhação de deixar de ser a favorita, a humilhação de não ser mais desejada, e

então a partida, o recolhimento num quarto, num olho, a reclusão.

Atravesso o pátio de pedra, passo pelo pórtico, à direita, um corredor, uma escada, outro corredor, prossigo, gosto do confinamento, da falta de luz, dos recônditos, das inexatidões do espaço, ultrapasso alguns visitantes que vagam distraídos, cumprimento os seguranças do primeiro andar, agora me conhecem, se desdobram em atenções, o curador me espera, me rodeiam, me seguem, me precedem, me fazem entrar. Agora, é preciso desacelerar. Não me apresso para sentar numa pequena cadeira em mogno polido diante de uma grande mesa – mas o faço rápido demais. Trocamos algumas palavras sobre a poeira e a manutenção dos monumentos. O curador parece preocupado. Depois de um silêncio, ele me pergunta por que não mantive tal ou tal objeto da coleção do museu para minha carta branca. Ele retoma a lista das peças e lê com voz lenta e monocórdia: — *O estojo da imperatriz*, 1860, *biscuit*, aventurina e ouro, A. 0,30 m, C. 0,40 m, "realmente uma bela peça"; — *Armário em laca da*

China, XVIII, pau-rosa, laca da China, A. 2,05 m, C. 1,70 m; — *Tocheira Graux-Marly*, "ah, a tocheira!", 1858, bronze dourado e cinzelado, malaquita, A. 3,10 m; — *Armário porta-joias*, 1859, ébano, bronze dourado e porcelana, A. 2,20 m, C. 1,25 m; — *Espelho de toucador da imperatriz Eugénie*, 1860, marfim, A. 0,80 m, C. 0,765 m. Explico a ele que não posso fazer nada com esses objetos, eles não têm histórias, digo, não têm *incidentes*, pronuncio a palavra de uma maneira bastante desagradável, um pouco enfática, mas prossigo, com esses objetos em que não se distinguem nem a menor imperfeição nem a menor marca de afeto. Lembro que o pedido da direção do Patrimônio me deixa livre para escolher o objeto, quero dizer, para escolher o tema. Ele levanta e olha demoradamente para o pátio interno. Quando abre a janela, tudo de repente carece de consistência, tudo se torna volátil, até os silêncios da nossa conversa se perdem. O que eu procuro é a inconsequência de uma lembrança, seu traço um tanto titubeante por meio dos objetos, é um gesto, ou apenas uma intenção que persiste e se desfaz na matéria. Mas não digo isso a ele. Tiro de minha pasta alguns folhetos, leio as notas de Montesquiou: "Também tenho da condessa, entre cartas e retratos, sua última lamparina, um talo de buxo bento, alfinetes, seu último véu negro e um fragmento de chumbo de seu caixão". O que eu quero pegar é esta tenda em miniatura da relíquia, o que Montesquiou chama de seu budoar do além--túmulo, exposto no seu Pavilhão das Musas, aquele que fica no térreo do Palácio Rosa, e que ele mostra aos visitantes, descrevendo cada objeto de modo histórico, anedótico e lendário: "Aqui está o lacrimatório de Agripina. Aqui, o pente e o espelho de Cleópatra. Nada mais nada menos. Este pequeno vestido de seda, Maria Antonieta usou no dia 13 de janeiro de 1776. Aqui está o bisturi com o qual o cirurgião Félix operou a fístula do rei", e também: "Orgulho-me de possuir a gaiola de Michelet, a bengala de Musset, os óculos de Becque, uma pantufa do rei de Roma, uma mecha de cabelo de Byron. Esses nomes dizem o bastante para dotar de esplendor as pobres coisas que os acompanham". O curador volta a fechar a janela. Musset, Michelet, Byron ou o rei de Roma são apenas nomes, uma lista de nomes. Ele está no meio da sala, agacha-se com uma vivacidade elegante, toca de leve com o dedo uma pequena mancha escura no tapete, a cabeça inclinada, o ar absorto, então diz: acham que expomos objetos, que nos interessamos por seus usos, gestos, você diz, mas são apenas nomes, nomes ilustres que lhe dão segurança, Michelet, Musset, e, enquanto fala, ele insiste com a unha e raspa o que acredita ser uma mancha, mas é um buraco, Michelet, Musset, Becque ou Cleópatra, ou até mesmo o seu Barthes, ele levanta com ímpeto, sem esses nomes, sem o esplendor desses nomes, como diz muito bem Montesquiou, nada disso seria muito interessante, seria?

Não, é outra coisa. Mas não digo isso a ele. Era em *Brand* de Ibsen, a sala inteira chorava diante do espetáculo daquela jovem mãe dispondo à sua volta as roupinhas da criança morta: "Vou mostrar todos os meus tesouros – os restos de uma alegria náufraga cujo valor infinito apenas uma alma materna pode compreender [...]. Aqui está o véu. Aqui está o casaquinho manchado – de lágrimas? – Que riqueza! Bordado de pérolas, vincado de dores, ébrio de prantos, resplandecente do horror crucial, santa relíquia! Aqui está o manto real que ele trajava no batismo de sua morte! Ah, como ainda sou rica!". Os pequenos bens só resplandecem com o amor de uma mãe. Para chorar com ela, enquanto exibia cautelosa a lembrança desse corpo de criança tão amada e milagrosamente conservada nos contornos de uma camisolinha ou na forma de uma pequena fralda, ninguém tinha necessidade então de identificar seu sofrimento com um nome. Mas o pai entra. Observa a cena, lança um olhar severo às roupas da criança, que ela alisa suavemente para domar sua dor profunda, e ele a força a se desfazer até do último dos resquícios, tão pequeno, tão bem dissimulado contra o seio da jovem mãe, o pequeno gorro molhado de lágrimas, ensopado do suor da agonia da criança, peça por peça, ele a força a se desfazer de tudo, "dá, dá *tudo*", e nós choramos diante da potência do apego, diante da dor da expropriação, diante da doação dilacerante daquilo que se procurava com tanto ímpeto na matéria dos objetos queridos, e não sabíamos, e ela mesma ignorava, que não era uma lembrança da vida mas a própria vida, a imperceptível palpitação da vida – mal consente em se desfazer dessas pequenas coisas, ela fica como morta, ela morre por isso.

*

É também a carta de uma mulher aos prantos a um homem ausente, um homem que, com pesar, na dor e logo na loucura, acaba de se separar dela, é a carta de Suzette Gontard a Friedrich Hölderlin: "[...] dois dias após sua partida, voltei a seu quarto para chorar à vontade e recolher os objetos queridos que poderia ter deixado, abri sua escrivaninha, encontrei alguns pedaços de papel, um pouco de cera de lacre, um pequeno botão branco e um pedaço de pão preto endurecido, por muito tempo guardei tudo isso comigo...".

Olho as fotos da minha mãe: aquela fragilidade, aquela delicadeza desajeitada, aquela pequena gentileza bondosa e aquele desprendimento, aquela fragilidade da adolescência, da doçura de seu olhar, aquela submissão atenta, o sorriso incerto, a nuca sempre um pouco curvada quando ela está nas paragens do corpo soberano e idealmente conformado de sua mãe. Nessas imagens, é justamente isso o que mais impressiona, a sombra que ela carrega da mãe. Minha mãe criança se mantém sempre curvada junto da sua. Esse curvar, essa dobra do corpo sobre si mesmo, é, eu reconheço, nunca deixei de reconhecer, eu mesma estando junto dela, apoiando-a, amando, e ela, tão terna, tão amável, tão confiante, é justamente a vergonha, a palavra é como um túmulo. Eu me lembro da minha mãe, no verão, decidindo por fim tirar sua toalha para ir mergulhar; o calor é penoso, e, a dois passos, a água está tão fresca, a orla, um marulhozinho agradável das ondas, lá, a dois passos, está tão quente, e mesmo assim ela vai a contragosto, o corpo ligeiramente vergado a partir de um ponto preciso, a barriga, o sexo talvez, se dobrar sobre ele para dissimular, e nessa discreta e pudica inflexão aproveitar para apagar tudo, para suprimir tudo, seu corpo, impossível de expor, esse corpo – impossível de consentir.

Diante do fotógrafo, Marilyn tem o mesmo gesto de Friné ante o Areópago, tal como ela é pintada por Gérôme em 1861: quando um homem arranca seu véu e a desnuda sob os olhares da assembleia, ela esconde o rosto atrás do braço dobrado. Marilyn tinha acabado de ser operada e estava preocupada com a cicatriz no lado direito do corpo. Para aplacar a nudez entre eles, o fotógrafo sugere brincar com lenços. A transparência deles não dissimula nada ou quase nada, ela sabe, mas o tecido fino a protege, ela se esconde, finge se esconder, esconder a cicatriz que não quer mostrar, há muito tempo ela conhece a eficácia da seda em esconder enquanto mostra, mas, afinal, o que sabemos nós do que ela quer dissimular e mostrar? De repente, ela solta o lenço, mostra a sua cicatriz, e nesse exato momento, esconde o rosto atrás do braço dobrado como se a confissão de uma ferida só pudesse ser feita no apagamento do olhar, na subtração do rosto. Penso no gesto inventado pelo ator Anthony Hopkins quando ele interpreta o sr. Wilcox na adaptação do romance de

Forster, *Retorno a Howards End*: atingido por uma secreta e vergonhosa revelação, o sr. Wilcox leva bruscamente a mão ao rosto, não para escondê-lo, ele não é homem de se abater pela vergonha, mas para interpor-se, para separar, para isolar, sua mão retesada vindo brutalmente se colocar na têmpora, perpendicular a seu rosto, de modo a subtraí-lo do olhar do outro. Penso no menino de *O apanhador no campo de centeio* surpreendido, nu, tendo à mão somente uma minúscula toalha que não dava nem a volta em sua cintura, e que, por fim, escolhe cobrir dignamente o rosto antes de se expor aos olhares. Minha mãe, para ir para a água, deveria ter vestido o maiô na cabeça.

Havia no quarto de criança um armário embutido, uma espécie de roupeiro. Abriam-se suas portas pesadas e trabalhadas com uma grande chave, mas em vez de encontrar a profundidade obscura e fosca de uma arrumação silenciosa, pilhas de lençóis ou de livros, deparava-se brutalmente com o próprio rosto, o si mesmo inesperado no espelho que ficava acima de uma pequena pia e seu estojo de toalete, o si mesmo petrificado por se encontrar ali antes mesmo de ter se reconhecido, desconhecido, se perdendo em seu próprio olhar, desprovido daquilo que se acreditava, no entanto, ser o melhor de si, perde-se tão facilmente, ou melhor, confunde-se, mas aí, de repente, de surpresa, caindo em si, ou seja, precisamente em outros, se descobria num lampejo a superposição das incontáveis figuras, o amontoamento dos espectros que de costume são enganosamente apenas um. (Lembro-me de uma conversa saindo de uma exposição sobre o retrato: "Como você se descreveria? Com o que se pareceria o seu próprio retrato?", e minha amiga experimentando as palavras, aplicando-as a seu rosto com a mesma incompreensão lenta, o mesmo sentimento de estranhamento que se pode ter ao vestir uma roupa cuja forma não se entende: "Não sei, eu não me vejo. Quando me olho num espelho, aquela que eu vejo é a minha mãe, é ela que eu vejo quando olho a mim no espelho, mas é uma visão de horror, é *Psicose*, o rosto da mãe pintado no rosto do filho".) Eu me fecho, me dispo, me aproximo, olho. É incompreensível, como sempre, é assustador, essa forma amendoada, esse buraco, dobras, a sombra negra que oscila ao redor, a claridade, a matéria e o buraco, me afasto um pouco: o buraco permanece o mesmo, é em volta que ele cresce, a claridade torna-se desmesurada mas o buraco permanece o mesmo, olho fixamente, não é mais o olho, é o olhar, o meu olhar que me fita e dele mesmo só perscruta um buraco. Só restam as lágrimas para afogar essa visão, para me salvar da cegueira, como Michel Strogoff que escapou do carrasco que o cega graças às lágrimas que afogam seu olhar ao ver a tão amada mãe, "Minha mãe! Sim! Sim! A você meu olhar supremo! Fica aí, diante de mim! Que eu veja ainda a sua figura bem--amada! Que meus olhos se fechem olhando-a!", mas as lágrimas não vêm.

*

Durante meses, Truman Capote quis ouvir o relato do assassinato, escreve páginas e páginas, quase todo o seu livro *A sangue frio*, mas falta a cena final, aquela pela qual tudo começa e tudo termina, o relato do assassinato. Ele não procura um motivo do crime, procura um relato, um encadeamento de fatos; não quer explicar, quer apenas descrever. Ele precisa do assassinato. Só que por mais que interrogue os dois assassinos na prisão, e sobretudo Perry Smith, por mais que seduza, proteja, adule ou se aborreça, ludibrie, ameace, de nada adianta. Seu livro poderia ser perfeito, centenas de páginas, um relato como poucos, ele tem certeza. Mas falta o essencial. É então que ele encontra a fotografia. Uma pequena imagem em preto e branco de Perry criança. Ele chega um dia na prisão e lhe estende a foto. A penumbra do cárcere vem então de um só golpe se coagular nesse pedaço de cartolina lustrosa de bordas serrilhadas: um menininho para de brincar com sua irmã por um instante para fazer uma pose e encarar o fotógrafo. Perry se vê criança. Ele olha aquele pequeno corpo exuberante e tímido, olha o rosto minúsculo, aquele sorriso espantado, aquele olhar triunfante por simplesmente estar lá, aquele olhar que o fita, ele olha o menininho maravilhoso e inofensivo que já foi, e murmura: "*There must be something wrong with us to do what we did*". Ele volta a fitar o menininho que o olha. Revê o pai arqueado junto da câmera, o rosto contorcido detrás da objetiva, dizendo:

"Sorriam, ora, sorriam, crianças, pelo amor de Deus, vamos, parem de se mexer, estou dizendo, sorriam, isso, pronto!".
E assim que foi feita a captura da imagem, eles voltaram correndo para a brincadeira, a mãe os chamando do fundo da casa, os chamando de novo, do alpendre, era preciso entrar, estava tarde, mas não, não estava tarde, a noite caía sobre o jardim, quer dizer, jardim, na verdade uns seixos, um canteiro, calêndulas ou cravos-de-defunto de um amarelo deslumbrante na noite que caía, não dava para parar de brincar, a gente caía de cansaço, aquele esgotamento de tanto rir, aquele cansaço do riso que seguia por conta própria como um espasmo muito suave, eles cambaleavam, a mãe chamando, chamando de novo. A criança da foto, a criança que ele era olha-o fixamente, nada de atônico, nada de insistente, mas sim uma alegria, toda a expectativa da infância naquela carinha. Então Perry ergue o rosto e conta o que Capote espera há meses: como ele matou aquele homem que não lhe fizera nada, mas que olhava dentro dos seus olhos lhe mostrando seu medo.

A primeira foto de mim, aquela que eu chamo de primeira. Tenho oito ou dez anos. De mim só se vê o rosto. Ele emerge de um buraco entre a folhagem numa sebe de arbustos onde fazíamos cabanas. Olho a objetiva com um ar fixo como se eu olhasse outra coisa.

Mais tarde minha mãe me disse que não sabia de nada, não imaginava nada, não tinha nenhuma fantasia, mas que um dia tinha surpreendido meu pai na janela fazendo sinais, ar feliz, de repente entusiasmado, de repente vivaz, se empenhando alegre, ele que de costume era sombrio, nervoso, fácil de irritar. Ela viu esse gesto, esse único sinal com a mão, e só conseguiu fazer uma coisa, chorar. Minha mãe, para se defender da tristeza, nunca soube fazer nada além de chorar, como se voltasse o próprio rosto contra ela mesma tentando afogá-lo. Noites inteiras de lágrimas. Do outro lado da porta, a voz da mãe entoa o canto melancólico da incompreensão e da amargura. Não compreendemos as palavras, só ouvimos a forma melódica da dor.

Para não ser esquecida, Aoutra tinha alugado a casa vizinha. Uma sebe de pitósporo mal separava nossa grande e bela vivenda, onde a infelicidade da minha mãe soluçava todas as noites, da casa vizinha, pequena, bem pintada, inofensiva e talvez por isso mesmo mais propícia ao prazer. Naquele dia, luz alta, vazio acima dos jardins, leve ressonância do ar, espera. Foi então que, da sebe perpendicular às duas casas, eu os vi. Através da folhagem, o azulejo tão vermelho da varanda explodia na luz. A mulher, aquela outra, apareceu. Ela deslizou até a balaustrada de ferro se estirando, virava rápido, ficando imóvel, retomando, indo e vindo, a intenção de seus gestos toda dirigida ao canto da sombra da porta de vidro por onde entrara. Fez um pequeno sinal súplice, um homem apareceu então no enquadramento. Era meu pai. Joelhos dobrados, rosto franzido, o olho pregado na máquina fotográfica que minha mãe lhe dera de aniversário alguns dias antes, ele a seguia, irresoluto, cauteloso, quase vacilante, a máquina no rosto, lhe dando instruções, e ela mudando o corpo com suas indicações, isso, mais inclinada, isso, de costas, a cabeça jogada para trás, isso, a nuca, isso, o olhar. Não fazíamos fotos assim em casa de jeito nenhum. Meu pai fotografava a família de pé, e minha mãe em retrato (sentada, as mãos recolhidas num gesto elegante e tímido em torno da gola de seu suéter; sentada, meio de lado, sobre a pedra da borda de um poço, o olhar distante acima do vazio; sentada, perfil perdido, diante de uma paisagem triste). Eu os via deslizar pela varanda, tomando cuidado para não fazer barulho, rindo em silêncio, depois a mulher subiu um pouco sobre o corrimão, o ferro arredondado dos balaústres pressionando suas coxas, o vestido se entreabriu, eles pararam de rir, uma gravidade, algo entre eles arrefeceu, meu pai estava de costas para mim, mas eu via claramente que alguma coisa tinha mudado, a mulher parou de sorrir, seu rosto ficou pesado, seu olhar fugidio, sua boca me pareceu enorme e deformada, ele continuava fotografando, o vestido caiu, ele avançou mais e ela envolveu a cintura dele com as pernas, pegou a máquina de suas mãos, rapidamente a armou e, com os braços em torno do pescoço do meu pai, o corpo agarrado ao dele, mirou por cima de seu ombro como se fotografasse o vazio da varanda atrás dele. Eles giravam, ela em cima dele, tão abraçados que não se distinguiam mais os rostos, e ele a levou para dentro da casa.

*

Alguns dias mais tarde, ao acordar, encontrei uma foto que fora colocada na minha mesa de cabeceira enquanto eu dormia. De mim só se vê o rosto, um rosto pequenininho que emerge de um buraco entre a folhagem de uma sebe de arbustos onde fazíamos cabanas. Olho a objetiva com um ar fixo, mas não se vê nada, nada do que eu olho, nada do que eu penso.

Uma madrugada, eu a vejo em sonho. Esqueci os detalhes, mas a premissa é que ela não gosta de mim.

Em outra madrugada, é uma porta alta e larga de pedra que contém muito precisa e muito estreitamente em seu batente uma porta de pedra menor que contém muito precisa e muito estreitamente em seu batente uma porta de pedra menor que contém muito estreita e muito precisamente em seu batente uma porta de pedra muito pequena, muito baixa, uma porta para o rebaixamento do corpo e a elevação da alma, pela qual deveríamos enfim poder entrar. Mas essa porta está bloqueada. Talvez fosse necessário considerar inclinar um pouco a alma e deixar o corpo em paz. Agora a porta está bloqueada. Somente um pequeno orifício na pedra permite observar o interior devastado por um desmoronamento.

Deixando o jardim pelo pátio do Louvre, procurei por muito tempo os vestígios do palácio desaparecido, as

Tuileries, que são o próprio nome do Segundo Império, de sua ascensão e de seu desaparecimento. Qual localização, qual ocupação no solo, qual estrutura, como se organizavam os volumes, de onde até onde, e qual acesso ao jardim, ao pátio, qual entrada, uma escadaria, arcadas? Isso criava, ao sabor dos passeios, como uma vaga curiosidade arqueológica que só pedia para ficar insatisfeita. Eu procurava distraída com o olhar, elaborava de passagem hipóteses, aqui um aterro, e ali estão escavando, e lá, sob o terraço à beira d'água, um amontoado de colunas, e ali, olha, aquilo poderia, talvez. Eu me recusava a compreender a evidente simplicidade do dispositivo: até sua destruição durante a Comuna, o palácio das Tuileries ligava justamente os pavilhões extremos do Louvre, Marsan de um lado, Flore do outro, e encerrava o pátio enorme, quase informe, do Louvre. Eu teria preferido um edifício engolido, do qual nada mais restasse, apenas um traçado e um punhado de vestígios. Mas não, restam plantas, desenhos, gravuras, grandes pinturas em mau estado no Orsay e nos museus do interior, e há também fotografias. Um livro sobre a história do palácio folheado às pressas entre as estantes de uma biblioteca de bairro de repente revela fotótipos do prédio, e até das vistas do interior, muitas. Estupor. Primeiro gesto: fechar, não ver, não fixar nada, não estar segura de nada. Mas volto a ele mesmo assim, viro algumas páginas, vou rápido (fachadas muito irregulares, simetrias sem elegância, alinhamentos, frontões, camadas de pó, arbustos encaixotados, e dentro: interiores, como deve ser, grandes parquês, enfileirados, colunadas, mármores e cornijas, tudo é ao mesmo tempo chamativo e melancólico, tudo parece esvaziado pela fotografia). Volto a colocar o livro na estante. Num instante, as imagens retiraram desse palácio apagado o pouco de existência que ele ainda possuía. Eu não deveria ter olhado.

Não podemos fotografar uma lembrança, mas podemos fotografar uma ruína. O incêndio do palácio das Tuileries foi anunciado no fim da tarde de 23 de maio de 1871. Havia alguns meses, a Comuna tinha cercado o local e podia-se ler, afixado no Salão dos Guardas ou ao longo da Galeria dos Vãos: "Povo, o ouro que flui sobre estas paredes é o seu suor. Por muito tempo você alimentou com seu trabalho, saciou com seu suor este monstro insaciável, a monarquia. Hoje que a Revolução o fez livre, você volta a ser dono de si. Aqui você está em casa. Mas permaneça digno pois você é forte, e fique bem atento para que os tiranos não voltem nunca a entrar aqui!". Só que, chegada a hora, recobre-se tudo, até a vibrante invectiva, com uma mescla de alcatrão líquido, combustível e pólvora, e ateia-se fogo. Era preciso acabar com aquilo, pois há lugares nos quais a Revolução não pode se sentir em casa. Ela se retira, portanto, em chamas. As ruínas permaneceram bem no meio da cidade. Durante doze anos, houve aquele enorme jacente de pedra bem no centro. Restam imagens daquele cadáver urbano. Nas reservas da Sociedade Francesa de Fotografia, encontram-se grandes vidros enegrecidos manuseados com precaução. São os negativos de vidro em colódio úmido realizados por Lucien Hervé e Charles Périer, em 1871, alguns meses após o incêndio. Os fotógrafos instalaram sua câmara escura no interior do palácio eviscerado. Sob o efeito do negativo, o palácio encontra sua justa ordem na inversão das luzes: alicerces pálidos e quase transparentes, colapso de destroços límpidos, paredes esgarçadas de clarões, brutalidade da desmontagem em farrapos luminosos, os enfileirados de salões amplamente iluminados pelas eviscerações são apenas passagens de sombras, a Grande Escadaria, o Salão da Paz, o Gabinete de Trabalho, o Salão Azul, tudo está enegrecido pelo fogo, devastado pelo esvaziamento e escurecimento. Musset tinha de repente traçado o destino de todo esse caso, dizendo, ao sair de uma festa: "Tudo isto é belo, hoje, como iluminado por uma luz fatídica, sim, muito belo por enquanto, mas eu não daria dois tostões pelo último ato". Somente as imagens da destruição tornam o palácio enfim compreensível. Não resta mais do que a sombra das coisas, distingue-se mal, mas é a obscuridade que vem lançar um pouco de luz, é a derrota e o abandono que permitem compreender.

De madrugada, ela deixa a praça Vendôme e desce até as ruínas. Ela vagueia, recolhe pedras, em sua casa será encontrada toda uma coleção – deviam ser muitas por volta de 1875, esses fantasmas do Segundo Império, a vagar à noite entre os escombros de suas vidas passadas (soube que o *Le Figaro* comprou os mármores das chaminés do Palácio, cuja autenticidade foi certificada pelo adjudicatário da demolição, para fazer pesos de papel de presente para os assinantes; que um inimigo do Império mandou construir sua residência com uma parte inteira das ruínas do adversário; que Worth adquiriu uma ou duas colunas para a sua vivenda de Suresnes, e Victorien Sardou, algumas pilastras para a sua vivenda de Marly; que existem em toda a França pedaços de muros decorativos erguidos em pequenos parques municipais). Poderiam tê-la interrogado como interrogaram Simonide de Céos depois da destruição do banquete do qual ele participou e que reconstituiu de memória, permitindo aos vivos dar uma sepultura aos mortos, e ela teria retraçado tudo, tudo: aqui foi feito tal juramento, ali tal declaração, ali tal brutalidade infligida, ali um voto, aqui uma humilhação, ali um aperto de mão, um abraço, aqui uma traição, e, bem no meio dessa imensa ruína generalizada, ela teria iluminado o túmulo mostrando seu próprio corpo desfeito, seu pobre corpo louco por acreditar ainda ser o que já não era.

Seus biógrafos não falam, ou falam muito pouco, da fotografia. Dizem que ela se deixa fotografar, mas o dizem por cima, não se detêm, não lhe dão importância particular, enquanto eu reduziria de bom grado a vida dessa mulher à sessão no fotógrafo. Local único, unidade do tempo de exposição. Uma mulher vem procurar o que ela é, se apressa em reter o que ela é, em encerrá-lo, vai ao fotógrafo como se vai ao empório, não se preocupa em saber o que fará com as fotografias, é claro que ela as dará de presente como todos fazem, esse furor pelos retratos que eles têm, os cartões de visita, os álbuns sobre a mesa do salão, os envios, "Cara amiga, obrigada pelos retratos, eles me farão passar um tempo menos longo sem a senhora", "Cara amiga, coloquei seu retrato sobre a mesa de cabeceira, eu a olho ao adormecer" etc. É claro, ela fica satisfeita com essas homenagens, finge muito bem acreditar nelas, mas não é por isso que se deixa fotografar; ela se deixa fotografar para construir, sob a aparência da frivolidade, o que Poe chamava de "a morada da melancolia". Reter, silenciosamente reter.

É uma época em que todos acabam numa foto nas mesas de centro e gueridons da casa de todo mundo. Zola conta muito bem em *O regabofe* o folhear indiferente no tédio de uma tarde chuvosa ou de uma noite que se arrasta, o página por página desenvolto e feroz que põe a nu o rosto dos outros enfim imóveis sob o olho enorme da inveja e da crueldade: "Este álbum, quando chovia, quando nos entediávamos, era um grande tema de conversa. Acabava sempre em mãos. A moça abria-o bocejando, pela centésima vez, quem sabe. Depois a curiosidade despertava, e o rapaz vinha apoiar-se atrás dela. Então, eram longas discussões sobre o queixo duplo de mme. de Meinhold, os olhos de mme. de Lauwerens, o pescoço de Blanche Muller, o nariz da marquesa que era meio torto, a boca da pequena Sylvia, famosa pelos lábios demasiado cheios. Eles comparavam as mulheres entre si... [...] Renée continuava a esquecer-se de si no espetáculo das figuras pálidas, sorridentes ou rabugentas que o álbum continha; ela se detinha com mais vagar nos retratos de meninas, estudava com curiosidade os detalhes exatos e microscópicos das fotografias, as pequenas rugas, os pelinhos. Um dia, até mandou trazer uma lupa grossa. Renée fez então descobertas surpreendentes; encontrou rugas desconhecidas, peles ásperas, concavidades mal tapadas pelo pó de arroz. E Maxime acabou por esconder a lupa, declarando que não era preciso se aborrecer assim com a figura humana".

Tudo fica imóvel. É preciso imaginar, me diz o vice-presidente da Sociedade Francesa de Fotografia, a tortura imposta pelo tempo de exposição. Experimente também, e vai ver, é insuportável. Volto para o meu quarto, preparo a cena, me sento confortável, a cabeça na mão, o cotovelo bem apoiado na mesa, fico imóvel, expondo mentalmente minha própria imagem diante de mim, forjando-a luzente, viva e refletora, de uma nitidez impiedosa, e é então, mal tendo penetrado no silêncio, que um primeiro desmoronamento acontece, não é a imobilização do corpo que incomoda, é a imobilidade do olhar, uma firmeza que desfaz todo o aprumo, em noventa segundos eu perco a compostura, tudo pisca, e não somente as pálpebras, os olhos queimam, o rosto se turva, a nuca se cristaliza, dois minutos e vinte e cinco, perco a visão interior, três minutos e sete, sou a cega supliciada que Pierson descreve ao falar dos primórdios do retrato: "Se a estrutura óssea estava maquinalmente imóvel, as pálpebras piscavam, os músculos do rosto se crispavam, em alguns a face ficava injetada, se tornava pálida em outros, e no lugar de um retrato graciosamente expressivo e sorridente que aquele que posava esperava, obtinha-se a imagem de um supliciado, quase sempre cego". Eu paro, vou recomeçar mais tarde. Enquanto espero, olho as imagens de Bayard, o pioneiro que tirou o primeiro autorretrato da história da fotografia. Para manter a pose, ele fez do cadáver uma necessidade prática. Ele se imagina um afogado, caído numa cadeira, torso nu, olhos fechados, ar lânguido, capturando de antemão o desfoque, o movimento da piscada que dá à foto o aspecto de ter passado sob a água, um belo de um farsante esse rapaz: "Oh, instabilidade das coisas humanas!", ele escreve à margem desse *Autorretrato como afogado*, que congela pela primeira vez um rosto. Anos mais tarde, já não se é obrigado a se disfarçar de morto para ser visível, mas a pose permanece penosa: você é preso numa delicada aparelhagem de suportes, de hastes articuladas, de estacas que permitem assentar o gesto. Embora tenha às vezes o cotovelo negligentemente apoiado num suporte, essa mulher era, sem dúvida, um tema fotográfico muito bom, excelentemente disposto à deposição, natureza tão bela, tão imóvel em sua beleza, tema para leito de morte. Diante do buraco, poderíamos acreditar que é a exaltação da festa, a gratidão dos reencontros consigo mesma, o único lugar de glorificação, mas é o contrário, vemos nas fotos, é só o que vemos, ela é apenas um bloco de ausência.

Foi no Museu de História Natural, a atriz vagava entre as figuras anatômicas em cera lendo trechos de textos, ela tinha recitado com ar inspirado uma passagem do *De contemptu mundi* de Anselmo de Cantuária: "Ela é, a mulher, de face clara e forma graciosa, e ela não te agrada mediocremente, a criatura toda láctea! Ah, se as vísceras se abrissem e todos os outros cofres da carne, que carnes imundas tu não verias sob a alva pele!", ela recitava, fazendo passar por seu rosto um acúmulo de expressões ávidas, irônicas, horrorizadas, e ela estava em Baudelaire, o salão de 1859 sobre a escultura: "A coisa horrível que foi uma bela mulher tem o ar de buscar vagamente no espaço a deliciosa hora do encontro ou a hora solene do sabá inscrita no quadrante invisível dos séculos. Seu busto, dissecado pelo tempo, precipita-se coquetemente de seu corpete, como de sua trompa um buquê seco, e todo pensamento fúnebre ergue-se sobre o pedestal de uma fausta crinolina", ela recitava andando entre as bases, desaparecendo às vezes atrás de um cadáver de cera ou de um amontoado de vísceras exorbitadas, e voltando a aparecer, circulando com habilidade entre os despojos sintéticos, sublinhando às vezes com a mão um ventre eviscerado, uma cabeleira descabelada, um rosto em êxtase, atravessando a sombra sabiamente planejada por um iluminador de renome, indo e vindo, modulando com harmonia seu texto, parando às vezes seu olhar sobre o público reunido naquela noite para a inauguração dos espaços dedicados às novas aquisições, quando, de repente, um grande grito e o barulho de uma queda – ela tinha caído, desmaiado. Em seguida contaram que um engraçadinho tinha colocado entranhas de verdade em uma das bases e que o dedo distraído da atriz havia mergulhado bem no fundo de um útero, tal como ela havia assegurado. Intestinos, na verdade, não? Tripas encontradas no primeiro açougue que apareceu? Não, um útero. A atriz insistia.

Agora, é preciso imaginar, é preciso descrever. Trabalho duro de cartógrafo. Descrever. Dizer como Vidal de la Blanche nos *Anais da geografia*: "Afluências de formas, grandes superfícies unidas acima das quais emergem aqui e ali cumes cônicos, grupos de formas ligadas por afinidades, textura amolecida, centro de transformações de alcance incalculável". Ou, dizer como Zola em *Roupa suja*, mas talvez seja em *O paraíso das damas*: "Ela tinha desembaraço nas massas". A retidão sugestiva dessa frase. Eu a encontro em um monte de notas, eu a repito o dia inteiro. Ou então, mostrar simplesmente a *Spiral Woman* de Louise Bourgeois: a partir das coxas, uma torção de matéria lisa contornada em espiral, suspensa pela ponta por um fio. Depois reúno as descrições dos que a conheceram. O conde de Ideville: "A estranha beleza da mulher, a pureza, a harmonia perfeita de suas formas, apreendem e surpreendem, mas a admiração exclui qualquer outro sentimento". "Admiração profunda, sem restrição pela beleza perfeita, irrepreensível, a graça inaudita da mulher, eis tudo! O sentimento de estupefação domina todos os outros, e voltamos deslumbrados sem experimentar nenhuma simpatia pela pessoa." O general Fleury: "Apaixonada por si mesma, sempre drapeada à moda antiga, seus cabelos magníficos para qualquer penteado, estranha tanto como pessoa quanto em suas maneiras, ela aparecia nas horas de reunião como uma deusa vinda do céu". "Ela não falava quase nunca com as mulheres." O conde de Maugny: "Muito apaixonada por sua superioridade, desdenhosa e arrogante, ela tinha por si um culto que beirava a idolatria". Sr. Carlier, antigo chefe de polícia: "Esta mulher não tem nem coração nem alma. Creio que é capaz de tudo, até de matar". Fleury, novamente: "Narciso fêmea em admiração por sua própria beleza, sem leveza, sem doçura em seu caráter, ambiciosa sem graça, arrogante sem razão". "Ela falava várias línguas, era bastante instruída, e teria certamente se tornado perigosa se tivesse sido armada, além de suas superioridades físicas, da força inelutável que é o verdadeiro poder da mulher: o charme." Frédéric Loliée: "Subiam nas banquetas para contemplá-la". "Ela era a própria perfeição, desde a raiz dos cabelos até os pés descalços, delicados e cuidados como mãos." O general Estancelin: "Cabelos de um brilho incomparável, uma boca que revelava dentes perolados". "A graça e a pureza de suas feições, o brilho de sua cútis, a elegância de sua cintura e de seu caminhar." Édouard Hervé: "Um mármore antigo perdido em nosso século profano". Mme. Carette: "Mme. de Castiglione era de uma beleza completa, de uma beleza que não parecia pertencer a nosso tempo". E até o *L'Indépendant Belge*: "Ela coloca nossa beleza local em apuros. [...] As damas ficaram consternadas. Ela tem um não sei o quê de surpreendente e que faz cravar seu olhar nela quase esquecendo a decência".

Uma bela mulher à qual D'Annunzio pergunta o que sente portando a máscara sublime da beleza lhe responde que tem a sensação de "deixar a marca de seus traços na massa de ar como em uma matéria tenaz".

Leio no jornal o tagarelar de uma mulher conhecida e celebrada por sua beleza. Perguntam-lhe: "Qual é o seu pior inimigo?". Ela responde: "A feminilidade".

E esta. Pequena prova em papel salgado. Retrato de vestido negro. Não vejo nada, nada além de um rosto de feições simétricas, nada além de uma mulher banal cuja beleza é hoje incompreensível, as feições do rosto são ilegíveis, a ortografia desse corpo, perdida. A menos que tenha sido a presença dessa mulher que deslumbrou seus contemporâneos, penso imediatamente no quarto onde me entedio e onde nada parece, sua presença, tudo o que excede a simples perfeição canônica de um corpo; sua presença, esse "não sei o quê" belga "de surpreendente e que faz cravar seu olhar nela", dizia o *L'Indépendant*, a presença, a própria invisibilidade, essa reunião enigmática de gestos, de vozes, de luzes, de timbres e de ausência que o século XIX se obstinou em manter, sonhadora ou cientificamente, graças a mesas girantes, romances ou divãs, todas essas câmaras escuras destinadas a captar o espírito que se manifesta num corpo (vozes transpostas, gritos, soluços ou melopeias, reminiscências). Poetas e médicos cansaram de captar seu esplendor, mas a busca mais racional, a que consiste em confirmar a existência do invisível organizando justamente seu desaparecimento, foi conduzida por um cientista, Thomas Edison, muito bem manipulado por um romancista, Villiers de L'Isle-Adam. Para os dois, com a colaboração da maravilhosa Alicia Clary (de seu corpo, ainda que contra sua vontade) e de Mrs. Anderson, eles criam *A Eva futura*, RESTITUIÇÃO DA MULHER: "Sua alegria, seu ser, são, você diz, prisioneiros de uma presença humana? Do lume de um sorriso, do brilho de um rosto, da doçura de uma voz? Uma viva o leva assim, com sua atração, rumo à morte? Pois bem, já que essa mulher lhe é tão cara... vou lhe deleitar com sua própria presença. Vou demonstrar, matematicamente e agora mesmo, como, com os formidáveis recursos atuais da Ciência – e isso de uma maneira enregelante, talvez, mas indubitável –, como posso, me pergunto, me apropriar da graça de seu gesto, das plenitudes de seu corpo, do aroma de sua pele, do timbre de sua voz, da curva de sua cintura, da luz de seus olhos, do *inconteste* de seus movimentos e de seu caminhar, da personalidade de seu olhar, de suas feições, de sua sombra sobre o chão, de seu aparecer, do reflexo de sua Identidade, enfim". A luz cai no quarto, tudo parece se desfazer e, no entanto, num instante, está lá, imperceptível e vivaz como o farfalhar da seda de um vestido, não toma a forma de uma imagem e, no entanto, num instante lá está o que procuro, fugaz e inteiramente inconteste.

Imaginemos que essa mulher tenha tido o corpo da famosa escultura de Clésinger que vemos no Museu d'Orsay, esta *Mulher picada por uma serpente* da qual dizem que mme. Sabatier foi a famosa modelo, um puro esplendor de carne exposto no salão de 1847 (Delacroix lhe censurava por ter sido um daguerreótipo em escultura, uma cópia falsa, de certa forma, de tão exata), ela tem então esse corpo esplêndido, esse monte de carne, perfeitamente modelado, perfeitamente organizado, oferecido, posto à disposição para subjugar aquele que a deseja, ela tem essa beleza triunfante, uma beleza absoluta que a leva às belezas particulares (tal nariz, tal ombro, tal feição), ela possuía, como Balzac diz de Esther em *Esplendores*..., as trinta belezas exigidas para a perfeição, e harmoniosamente fundidas (apenas uma coisa de

Esther lhe falta: a doçura do olhar, mas ela possui, é claro, o que Esther não tem, unhas polidas, as de Esther, deformadas pelos cuidados com a casa, traem a cortesã, diz Balzac, e ela possui sobretudo o que Esther jamais terá, os títulos, a educação; perdoamos a beleza de Esther porque tudo isso lhe falta; a ela, nada será perdoado, pois ela tem tudo). Essa beleza é a do contorno e do modelado. É preciso reconhecê-la: ela tem matéria, uma matéria aveludada que capta a luz, uma claridade, as mais belas costas do mundo, um braço incomparável, o seio farto, a carne, a plenitude da matéria, o branco.

Uma carne que gostaríamos de subjugar de tão plena, de tanto que se oferece, mas talvez não ao ponto de devorá-la, não até matá-la, um esplendor, mas que afasta, talvez por causa dessa maldosa resistência que se lê em seus traços, dessa sua reserva de loucura: ela atrai e repele, repugna até, ela atrai mas não se oferece, não procura jamais, só de olhar para ela, essa extenuação, esse engolfar no desejo, a extenuação de que fala Marguerite Duras sobre Hélène Lagonelle: "O que há de mais belo em todas as coisas dadas por Deus é o corpo de Hélène Lagonelle". Em seguida fala de seus seios: "Nada é mais extraordinário que a rotundidade exterior de seus seios excitados, essa exterioridade estendida em direção às mãos", de sua pele, de seu corpo sob o vestido, oferecido sem consciência de ser tão inteiramente dado, ela fala do sofrimento ao olhar esse corpo, um sofrimento que dá vontade de matar, "ela faz despertar o devaneio maravilhoso de provocar sua morte com as próprias mãos", um corpo sublime, diz Duras, ao alcance das mãos, e sem consciência de si mesmo. E morrer por isso.

Para se defender, e já que a melhor defesa é o ataque, um homem que admira, no terraço de um café, uma mulher de grande beleza, mandou-lhe este bilhete: "A senhora é tão linda que eu gostaria de matá-la". Verdade simples, à qual ela respondeu, com um refinamento digno de sua beleza: "Está certo".

Por acaso ela não sabia, ela, melhor do que qualquer outra, quão frágil é um corpo, e o quanto, nu, é incompleto? Não, justamente, ela não sabia. Ela, ao contrário das outras, é a prova de seu corpo, é a certeza de sua eficácia que a satisfaz, isso a completa, isso funciona sempre. E ela não se comove com isso, permanece impassível, em todas as ocasiões, oferece essa brancura, essa beleza láctea, esse maciço de ombro que nada altera, nem a dúvida nem o pudor, nada de vergonha, nada de dessemelhança consigo mesma e, talvez, o fato de se enrubescer denota que sabemos um pouco mais do que deveríamos, nenhum saber supérfluo sobre si mesma, uma maravilhosa indiferença de saber tudo. Ela não tem segredo, ela está toda e inteira em sua pele. Ela não sabe nada, não importa, ela entra. Basta então imaginar um vazio. O espaço do grande salão, a sala de baile, Compiègne ou as Tuileries. Ela entra, tão segura de si (assim aparece a bela Angelica de *O leopardo*: "Então a porta se abriu e Angelica entrou. A primeira impressão foi de deslumbrante surpresa. [...] trazia em sua pessoa a calma e a invencibilidade da mulher de incontestável beleza").[9] Ela avança nessa magnífica cegueira, ela tem essa presença, essa atitude, essa dissimulação, essa segurança de si que se prepara deliberadamente para o confronto, nós a julgamos congestionada com sua beleza, mas de forma alguma, já que seu corpo é óbvio para ela. Ela atravessa o vazio imenso do grande salão sem desmaiar, ela entra no círculo ofuscante dos olhares, ela entra no salão de baile, ela cria o vazio, deixando as outras (as inquietas, as escrupulosas, as atentas) se desfazerem em volta de seu frágil e ardente segredo. Do que eu queria falar? Nas imediações desse corpo audacioso, dessa presença impetuosa, de qual corpo tímido avançando contra a vontade na luz, de qual poeira, de qual temor, de qual pesar?

"Vou enlouquecer se não me disser o que sente uma mulher solitária", grita o diretor à atriz em Opening Night de Cassavetes, enlouquecer se não me disser – e Virginia, a atriz interpretada por Gena Rowlands, responde que essa personagem é uma estranha para ela, que não entende nada dessa peça, Second Woman, ela a interpreta mas não a entende. Aliás, ela só entra em cena titubeante. Ela segue

---

9. TOMASI DI LAMPEDUSA, Giuseppe. *O leopardo*. Trad. de Maurício Santana Dias. São Paulo: Companhia das Letras, 2017.

pelos longos corredores, ela segue, respira forte, se concentra, não vomitar, segurar, ela segue por todos os meios, rasteja, arfa, se arrasta e prossegue, agora uma só divisória, nada mais do que uma, ela está suando, uma só divisória de papelão a separa do palco, ela tateia, se ajoelha, se apoia, volta a se erguer. A porta abre, de repente a luz. Ela entra. Salva de palmas. Ela chegou. Ela entra.

No dia do noivado, ele lhe deu um anel. Muito simples, elegante. Os convidados se espremem nas salas do térreo. Ele fechou a porta. Os dois, fechados pela primeira vez em um quarto. Ao longe, o rumor tranquilo que faz uma multidão de convidados muito corteses. Eles estão ali, a sós num quarto. Os dois, minha mãe e ele. Para sempre. Esperam por eles. Eles devem se mostrar no esplendor de todas as suas qualidades. Esperam por eles. (Ela conseguiu. Está viva. Pode-se morrer cem vezes por não ser amada. Mas ela está viva. Ela conseguiu.) Os convidados estão embaixo. Esperam por eles. Ele está inclinado sobre ela, mas não a olha. Tenho uma coisa para dizer a você, ele diz. Tenho uma coisa para dizer a você. Ele pega a sua mão e a tritura com um ar acanhado e duro. Olha, você tem que saber, você tem que saber que amei uma mulher antes de você, não posso me casar com ela porque ela é casada, mas não vou esquecê-la nunca, nunca, está ouvindo? Pronto. Ele coloca nela o anel de noivado. Estão esperando por nós. Está pronta? Vamos. Ela entra.

*

"Mas, diga-me, pelo amor de Deus, diga-me, o que sente uma mulher solitária!" Lá fora, após a apresentação, o teatro está apagado, é madrugada, a chuva, atrás do vidro do carro o rosto ficou desfocado sob o vapor, o rosto dessa moça, a admiradora, a que só existe quando a outra se recusa, *second woman*, é ela, sim é você, um rosto molhado de lágrimas, inundado de chuva, e que chama, a moça chama aquela que ela ama, aquela mulher, Virginia, a grande atriz que ela viu no palco, agora premida na insipidez úmida de um carro que arranca, a outra, ela mesma tornada outra, ela a beija, beija com beijinhos afogados, toda essa água, esse embaçado, esse rosto encharcado de amor do outro lado do vidro, beijos de criança, gritinhos, um chamado em direção a ela, inacessível. *Ela não é nada para você. — Não. — Então. — Então nada.* Depois a morte no instante seguinte.

Essa mulher, minha mãe, ou outra, no limiar de sua vida, diminuta, tímida, curvada sob o corpo de uma outra. E eu que queria escrever sobre a alegria, a enxurrada interior, distensão ali, bem no alto, que agarra a garganta, um arrebatamento, a felicidade, mais uma vez perdida.

Procuro a palavra "Exposição" no *Trésor de la Langue Française*: "O que é exposto. Ação de expor uma superfície sensível aos raios luminosos. Ação de dispor de modo a pôr à vista. Conjunto de objetos que se oferecem à vista. Local onde estão presentes objetos que se oferecem à vista.

Ação de revelar em um discurso. Abandono em segredo de um recém-nascido num local em que ele é suscetível a ser recolhido. Expor um morto sobre um leito funerário. Fazer correr risco, com um nome de coisa como tema. Pôr à vista uma coisa. Estado da coisa exposta". Prometo a mim mesma voltar a ver o curador do museu de C*** para resumir, condensar para ele, na minha opinião, o verbete do *TLF* e lembrá-lo do projeto de toda exposição: nada mais do que dispor um abandono em segredo com nome de coisa como tema. Só isso que se pode escrever (deslocar, esquivar, desfocar) em sua desordem, e até em sua ordem.

Poderíamos começar a exposição pela obra de Fischli e Weiss, *Der Lauf der Dinge* (1986-7), filmada em seu ateliê. É um longo plano-sequência que registra o desenrolar de uma série de acontecimentos: um pneu rola, uma cuba transborda, uma fumaça escapa, um balão voa, um líquido escorre, um pião gira etc. Cada acontecimento possui qualidades próprias, mas é a série que conta, é a sintaxe, o momento de mudança de um acontecimento rumo a outro: um pneu que bate numa cuba que libera um líquido que abre uma portinhola que solta a fumaça que faz pressão sobre um copo de água que provoca um curto-circuito etc. A obra aparenta caos, pois os materiais são heteróclitos, as relações, inesperadas, os efeitos desiguais, cada incidente ameaça a todo instante falhar em seu destino de incidente, e, no entanto, reina a harmonia, a coisa avança, somos tomados pelo próprio princípio da composição, não é a diversidade dos acontecimentos que é exposta, mas sua rigorosa concertação, a maneira como um provoca o outro, é a passagem de um a outro que retém, passagem sempre incongruente e sempre implacável, quase invisível, obedecendo a leis imperiosas e enigmáticas. E a série, esse longo pôr em movimento de acasos e de saberes que se parece com a escrita, esse entrechoque de matérias e de qualidades, se conclui como um relato, ou seja, como uma existência: um pouco de água suja escorre no chão.

É uma existência que só depende de sua forma. Recolhida em seu quarto, a Castiglione se despe e deixa no chão a enorme massa de tecido que observa com interesse e suspeição, como faria com as linhas de sua mão, entrelaçamento incongruente que depende estritamente da matéria, tal sulco, tal dobra que ela não pode deixar de ler como um destino. Popelina forrada de pelúcia tom sobre tom, barrete e luva de marta, pelúcia roxa forrada de faixas de pena de faisão, veludo cinza ornado de chinchila, tule verde bordado de prata, corpete de veludo grená com sutaches de ouro, seda rosa Pompadour, cetim com babados de renda de Bruxelas, tule rosa pregueado de cetim, seda lilás ou verde pastel, um destino, toda essa loucura de existir que depende de uma metragem de repes ou de seda. "Uma mulher do mundo que se quer bem-vestida segundo as circunstâncias tem tudo o que lhe é necessário para fazer, conforme a necessidade, sete a oito trocas roupas por dia: penhoar matinal, traje de montaria para o passeio, traje social se sai a pé, traje de visita se sai de carro, traje de jantar e traje de festa ou de espetáculo. Isso não tem nada de exagerado e se complica ainda na praia; no verão, os trajes de banho, e no outono e no inverno, os trajes de caça e de patinação, se gostamos de compartilhar com o homem esses exercícios saudáveis." Ela vai à casa de mme. Roger, rua Vivienne, talvez à de Caroline Reboux, rua de la Paix, a dois passos, ou à casa das senhoras Palmyre e Vignon, talvez tenha ido à de Worth ou de Gagelin. Mais certamente, pois ela era indômita e inventiva, conduz algumas trabalhadoras em domicílio. Dizem que, durante sua estadia em Holland Park por volta de 1858, oito quartos lhe serviam de roupeiro. Foi então, entre 1854 e 1866, o reino absoluto da crinolina. A maior fábrica de Saxe entregou mais de nove milhões em toda a Europa. Poderiam ter dado treze voltas ao mundo com o fio de ferro utilizado para as gaiolas. *La Vie Parisienne* comenta: "Mensurem no chão o lugar que ocupa a primeira vinda de nossas contemporâneas e terão assim mensurado o lugar que ela tem na ordem social". Em Compiègne, são dezenas de vestidos que viajam com ela no trem especialmente fretado para as "séries" do imperador na partida da Gare du Nord, as plataformas lotadas das mais elegantes arrastando, cada uma atrás de si, uma indescritível desordem de caixotes, de malas, um inferno de trapos, as criadas e os camareiros exasperados, problemas terríveis, ódios, os bastidores sangrentos do desfile.

Os vestidos viajam, talvez, nesses grandes caixotes de que fala Lampedusa quando situa nos mesmos anos 1860 o famoso baile de *O leopardo,* para o qual as damas mandam vir de Palermo em "caixotes pretos e longos semelhantes a esquifes".[10]

Ela se fecha em seus aposentos, seu budoar, seu quarto, seu toucador. Ela convoca seus acessórios: a tarlatana, as bugigangas, a poeira do real, o suor, o excesso. Os que a conheceram dizem que tudo está mergulhado numa semipenumbra que cheira a violetas. Mais tarde, será o terrível odor de cachorros mortos. No início, é rosa, será azul ou violeta, mais tarde será negro, até os lençóis, para que a miséria seja menos vista e porque somente a escuridão lhe permite ainda se ver. Nunca será, qualquer que seja o lugar, a rua de Castiglione quando ela chegou a Paris (que a encanta por acaso), a praça Vendôme, mais tarde a casinha de Passy, ou ainda, após algumas peregrinações, o mezanino da rua Cambon, nunca parece ter havido luz no local recolhido onde ela se fecha. É ali que, sem parar, ela avalia, sopesa, molda, transforma, corta. Existem pequenas aquarelas que representam o budoar de Castiglione quando ela chegou a Paris. Era moda então mandar pintar o interior. O teto é baixo, as paredes, os móveis e os acessórios são drapeados de tecido, um plissado rosa-choque fervilha às vezes em pompons ou em botões. Essas pequenas pinturas

---

10. Ibid.

insignificantes dão algumas informações topográficas úteis, mas o excesso de cor, o quebra-luz pintado desse rosa enérgico gritante tornam a imagem indecifrável, esse rosa, essa platitude, essa miniatura coquete são apenas uma convenção banal de toucador para senhoras. Não vemos nada ali. Mas um dia, folheando os documentos pertencentes a Robert de Montesquiou sobre a Castiglione, me deparei com uma fotografia opaca, quase negra, intitulada *Efeito de claro-escuro*. Parada. Reconhecimento. Verdade louca da fotografia. Aí está, o verdadeiro toucador, o verdadeiro budoar de além-túmulo. A penteadeira, o sofazinho, o espelho, alguns acessórios, mais distante a cama, tudo está lá, rigorosamente comprovado pela operação fotográfica e, no entanto, como num sonho. O toucador tal qual era, surgindo diante de meus olhos numa estranha luz rota de escuridão, aqui é como um abismo cavernoso sepultado sob o plissado pálido que revela sua verdadeira natureza de sudário; sobre o sofá a forma abandonada de um manto ou de um tapete de pelo, a menos que seja a inércia da poeira que forja em seus redemoinhos um fantasma lívido; quanto ao espelho, é uma superfície glauca agitada como vampira e que mantém sob o reflexo o retrato informe, o único retrato de verdade, aglomerado das figuras passadas, concretização monstruosa de lembranças, o verdadeiro rosto dessa mulher, um verdadeiro rosto.

E quando o cansaço a toma com todas essas realizações interiores, com esse esforço incrível de representar a si mesma, ela se deita e repousa no sofá. Seu vestido faz desaparecer totalmente os contornos do divã que a acolhe, seu corpo flutua, estranhamente suspenso. Ela retoma essa pose diante do fotógrafo e vemos bem, nas imagens, o corpo parado no ar como em apneia. Nós a vemos às vezes estendida no chão, a cabeça repousando estranhamente contra o pé de uma poltrona, a vemos sobre uma pequena espreguiçadeira de veludo, numa camilha adamascada, essas horas passadas ali, a tez pálida, o olhar vacilante, sem fazer nada, nem trabalho feminino, não é seu tipo, nem leitura, simplesmente imóvel, enterrada no torpor, sonhando apenas, encenando apenas para si mesma o pequeno teatro de seus esplendores passados, de suas vinganças insatisfeitas, de suas obscuras vitórias. "Nenhuma era bonita, inicialmente todas estavam furiosas por me ver tão linda, tão admirada." É preciso falar baixo, puxar as cortinas, a criança está afastada, visitam-na, os senhores instalam-se à sua mesa de cabeceira para prestar suas homenagens em langores compartilhados, "a senhora só me fará bem ao me dizer que vou mal", as senhoras se espantam, tanta neurastenia, essa sombra, essa tristeza, pesado tributo pago à beleza, motivo para se regozijar de cada imperfeição constatada no espelho, "eu não estou tão bela, mas não estou tão louca", raciocina uma marquesa no salão da princesa Mathilde, e quando os charmes do langor se apagam, restam, graças a Deus, sintomas mais consistentes, as febres, os enregelamentos repentinos, os desmaios, as cefaleias, as paralisias, as noites insones, a afonia às vezes, e às vezes a superexcitação, a errância de madrugada pelas ruas de Passy – até que ela encontra refúgio na casa do doutor Blanche, que mora por perto. Ela está deitada no raiar desta madrugada vertiginosa de que fala Baudelaire: "Tanto na moral como no físico, sempre tive a sensação do abismo, não somente do abismo do sono, mas do abismo da ação, do sonho, da lembrança, do desejo, do arrependimento, do remorso, do belo, da quantidade etc.: cultivei minha histeria com gozo e terror", é a mesma coisa, mesmo gozo, mesmo abismo, mesmo terror, mas lhe falta a poesia para sobrevier, ela só tem a histeria, só tem as reminiscências.

Não foi amada como deveria. Foi desprezada. Privará de sua presença, portanto, o mundo que não se importa, que está até aliviado com isso. Ela se fecha. A primeira reclusão é em 1858. Depois de ter seduzido o imperador, ela se viu imperatriz no lugar da imperatriz, fizeram-na compreender que estava exagerando e aconselharam-na a voltar para a Itália. Fecha-se então na Villa Gloria, nas colinas de Turim. Um jovem diplomata, secretário da delegação francesa, cheio de ousadia, sobe até a sua casa num dia de dezembro de 1860, em seguida relata sua visita à maneira de um lento *travelling* rodopiante e penetrante: "O tempo estava escuro, o céu, cinza. O Pó, muito estreito naquele ponto, corria a nossos pés como uma torrente. A cidade, assentada na planície com seus telhados de neve e seus campanários negros; depois, no horizonte, perto de nós, a longa cadeia dos Alpes, branca do cume aos pés. As árvores estão nuas, as alamedas ocultas sob as folhas mortas. A bela reclusa estava estendida num sofá. O que há no fundo desse coração, cuja existência é negada por muitos?". Mais tarde, depois de seu retorno a Paris em 1861, depois de novas mágoas (ela é ignorada, insultada, machucada, invejada etc.), se fechará em sua casinha de Passy. Aqui ou ali, ela está sempre deitada em sua camilha, cansada de não ser compreendida, tão farta, tão melancólica que alguns pretendentes se perdem em sua cabeceira em busca de tudo o que ela não lhes dará, acumulam as descrições, arriscam epítetos, gaguejam uma homenagem, e para concluir, desvairados, extenuados, resumem: "A mulher, eis tudo!". Eles estão no limite, aprisionados, esses infelizes, fascinados, aterrorizados pela beleza extrema, se aproximam trêmulos e se desculpando: "Desejo você com todas as forças de minha alma e de meu corpo. Espero que esta confissão não a desagrade demais", escreve-lhe um dos seus amantes, um homem de bem sobre quem os colaboradores podiam escrever: "Espírito fino e delicado, inacessível à paixão e ao entusiasmo". Quando ela está cansada demais para conversar, eles fazem leituras em voz baixa e suave, retomam seus clássicos, leem talvez o *Segundo Fausto* de Goethe: "É perigoso fitá-la tanto/ É uma ilusão, um ídolo, um nada/ Sem vida, e cruzá-la pressagia somente sofrimento", ou Schiller, *Do sublime*, engolindo a emoção: "Diante do Terrível, tomamos consciência de nossa fraqueza e, desprovidos, sentimos seu domínio sobre nós como se nossa existência dependesse disso", pois bem, eles estão aprisionados, agora é a morte, o azar é deles.

Nessa solidão, nessa triste espera sem objeto, quando cambaleia de amargura pelos cômodos escuros e sujos de seu interior, será que ela chega a chorar? É possível imaginar essa mulher soluçando? Será que ela se abandona às vezes ao desastre de seu rosto aos prantos?

Tudo isso acontece sobre o fundo trepidante da festa imperial: a emulação da despesa, o fogo de artifício industrial, o estímulo do luxo, um mundo entregue, desvairado, com o duplo furor da velocidade e da imobilidade, da ferrovia e da fotografia – da paixão pela transformação e do fascínio pelo idêntico. A apoteose é prevista para 1º de maio de 1867, dia da abertura da Exposição Universal. Na sessão de fotografia, Pierre-Louis Pierson expõe o retrato da condessa de Castiglione como dama de copas. Ela está vestida com seu famoso traje de baile do Ministério das Relações Exteriores que acontecera dez anos antes, em fevereiro de 1857. Uma hora de glória tão ostensiva como o vestido que ela trajava então, com apliques de corações enlaçados por correntes de ouro e habilmente colocados no ponto em que a imperatriz lhe soltara secamente um "o coração está um pouco baixo, condessa" que rejubilara a corte. A fotografia de Pierson foi tirada bem depois do baile. Nesse meio-tempo: humilhação, exílio, reabilitação, retorno, reabilitação. Ela volta, portanto, retoma dez anos mais tarde o caminho do estúdio, torna a vestir o traje, usa o penteado idêntico, calça novamente os sapatinhos verdes-claros e se apresenta diante da objetiva. Aí está, está pronto, ela colocou o tempo numa caixa. No Campo de Marte, lá onde a Torre Eiffel lançará, mais tarde, seu grande vazio, colocaram no meio de um parque uma cidade oval organizada em sete círculos concêntricos. Quando a noite cai, o perímetro desse palácio provisório concebido por Le Play e Krantz se ilumina com um cinturão de fogos. Nos arredores, pontes, estufas, um aquário, galerias, troféus, banhos turcos, uma estação, catacumbas, uma isbá, teatros, o jardim chinês, o grande farol do lago, fortalezas lendárias, atrações orientais... tudo se mistura num panorama desconexo e excêntrico, feira ou festa popular, totalidade ilusória que deixa a alma fria e os sentidos confusos, que ofusca a visão mais do que fala à inteligência, dizem os jornalistas. Pela primeira vez, as artes, apresentadas sob os mesmos arcos que os produtos da indústria, Cabanel faz sucesso com *O nascimento de Vênus*, a menos que seja *O paraíso perdido*, enquanto a alguns passos a seção prussiana expõe o canhão gigante do senhor Krupp finamente comentado pela gazeta: "Não paramos mais como antigamente diante da forma quase sempre graciosa, quase coquete, dos canhões armoriados e ricamente embelezados. As próprias damas só querem ouvir falar das obras gigantescas, deslumbrantes da artilharia moderna; elas precisam, por exemplo, de imensos canhões de defesa que se carregam pela culatra tal qual aquele que sai da grande fábrica de aço fundido em Essen". Ela mesma, naquele dia, de braços dados com o príncipe Georges da Prússia, passeia sua beleza nas proximidades da culatra; eles devem ter se detido ali; provavelmente ele lhe explicou com cuidado e sem metáforas inúteis o manejo do artefato. Subindo nas galerias, chega-se à cúpula, passeia-se em família sobre as encostas do Grande Capital, pressentindo confusamente que, diante de tanta acumulação tão habilmente dissimulada sob o espetáculo, não é possível existir a não ser por subtração. Os organizadores da exposição disseram: "O público precisa de uma concepção grandiosa que impressione sua imaginação. Ele quer contemplar um relance de encantamento e não produtos similares e uniformemente agrupados". O que os organizadores querem: não somente reunir todos os bens da indústria e do comércio em um único lugar, não somente organizar a "Federação da Matéria", como diziam os Goncourt, mas transformar todo objeto em mercadoria, transfigurar a mercadoria em encantamento, converter, enfim, o real em fetiche, festejar sobre os despojos do objeto. Olha-se, não se encosta – lei sutil do valor de troca. Assim ela vai, nos braços de uma iminência, verificar isso, seu próprio corpo, seu corpo real desfeito pela fotografia, oferecido numa glória ilusória.

*

Uma vez terminada a exposição, uma vez as vastas cúpulas e os grandes saguões e desmontados, há os salões confinados onde eles tentam se distrair, imaginando novas configurações espetaculares para a consciência pesada. Sob o Segundo Império, as boas obras fornecem inúmeras oportunidades de gozo mundano: a gente se fantasia, desfila, dança pelas vítimas, pelas epidemias, pelas inundações, pelos órfãos, multiplicam-se as descobertas que geram receita, louva-se o que se odeia, a gente se descontrai na tirania atroz da bondade, por pouco organizaria com prazer um grande salão da Generosidade universal. Mas é preciso se esforçar muito, não recuar diante de qualquer indignidade, produzir um *casting*, inventar uma dramaturgia. Foi assim que, num belo dia de 1863, após uma inspiração na grande escadaria de seu palacete, por Deus, mas é claro!, a condessa Stéphanie Tascher de la Pagerie, prima do imperador, se precipita para a casa de Castiglione, em Passy, rua Nicolo, acha, aliás, a casa "modesta, burguesa, mal mobiliada, quase pobre", e convence a bela reclusa a dar um pouco de si. Ela anota em seu diário que essa vinda seria "um forte chamariz para a venda de ingressos". Paris inteira se alvoroça ao anúncio da aparição da mulher. Os jornais clamam que ela "se desvelará aos espectadores por amor aos pobres". É a atração, a bilheteria vai com tudo. A festa de caridade acontece no palacete Meyendorff, rua Barbet-de-Jouy. Aguardam-na nua. Correu um boato de que ela teria exigido uma decoração de caverna, imaginam-na desnuda como ninfa, como sereia, *A fonte* de Ingres sobre um fundo de tela pintado em motivos rupestres. Sala cheia. Quando a cortina se levanta, estupor, é uma freira que aparece no limiar de seu eremitério recoberta por um hábito de carmelita, um burel severo, o rosto hostil comido na fronte e no queixo pelo véu, a pose rígida. Uma pequena placa indica a caverna de araque: "A eremita de Passy". Silêncio. A cena prende. Em seguida, as pessoas se recompõem, se indignam, assoviam, vaiam e ela se salva ("Ah, os infames!", teria dito), fingindo sinceramente não estar satisfeita. No entanto, cada um interpretou seu papel às maravilhas, o mal-entendido atinge o ápice e o caixa está cheio.

Em outra parte, ela exibe fragmentos do corpo ao longo das ditas sessões de "estátua viva", braço, tornozelo, uma coxa, um seio. Ela mandará moldar alguns desses pedaços, vai dá-los de presente, às vezes, a seus adoradores. Depois de sua morte, Montesquiou vai adquiri-los no leilão de 1901 e os conservará cuidadosamente em vitrines. "A vida dessa mulher não passou de um longo quadro vivo, o quadro vivo perpétuo." Ela se mostrava nua a alguns, homens que iam à noite socializar com a reclusa. Se o tédio ganha, se a conversa definha, então ela joga o coringa: nua, ela vai se mostrar nua. Ela se eclipsa, se prepara demoradamente, depois aparece, é a exposição, ela deixa cair seus véus um a um, ela crê ser um Nu, mas apenas mostra a sua nudez, ela é superada por sua pele. "Argh, ela cheirava a suor", diz o general Gaston de Galliffet, o mesmo que comandou a famosa carga de cavalaria diante de Sedan. Pouco importa, ela irá se superar na próxima sessão de fotografia. As imagens não têm cheiro.

Robert-Houdin, tópico 6 do manual de prestidigitação: "De resto, não importa a posição onde se tenha sofrido um fracasso, cuidado sempre ao confessar sua derrota: compense, isso sim, com ousadia, graça e vivacidade; improvise, dobre a perícia, e o público, aturdido com sua segurança, pensará, talvez, que o truque deveria terminar assim mesmo".

Poderíamos começar a exposição por *Theophanic Matter IV* (2000), de Guillaume Paris. É um cubo de um verde intenso, 30×30×30, quase luminescente, talhado num gel *airfreshening* cuja forma se altera por evaporação durante a exposição, a forma se condensa, endurece, escurece radicalmente, a forma se desfaz, arruína-se devagar, mas conserva sempre a ideia do cubo inicial.

Dizem que é ela. Sala 16, visitantes foram ficando mais raros. Ainda tenho diante de mim os grandes álbuns cujas páginas viro devagar, os curadores se inclinam sobre meu ombro e comentam uma foto enigmática atribuída a Pierson. Eles querem a minha opinião: então, é ela ou não? Uma mulher está nua, embrulhada do rosto aos joelhos num tule branco, uma mão no quadril, a outra sobre a pequena poltrona arredondada junto da qual ela está de pé. Eles dizem que é ela.

Mas hesitam, voltam atrás, reconhecem que *adorariam* que fosse ela. Pelo leilão. A foto não está datada, mas sabe-se que é contemporânea às visitas da Castiglione a Pierson. É uma imagem estranha a dessa mulher de rosto oculto sob a densidade do tule sabiamente disposto para disfarçar aqui o rosto, o olhar, e revelar mais embaixo, ali, sob uma opacidade muito leve, sob uma convenção de dissimulação, os seios, o ventre, o sexo. "Uma imagem muito moderna", um deles me diz, "os surrealistas poderiam tê-la feito". O rosto está disfarçado sob a espessura do tule, mas adivinha-se que ela fita a objetiva. "A postura do corpo se organiza sempre a partir do olhar", me diz o outro, afundando o indicador no rosto da mulher. Ele retira o dedo, deixando um leve vestígio de umidade sobre a capa plástica que protege a imagem. Esquadrinho a localização do rosto como se, ao retirar o dedo, ele pudesse ter atenuado a opacidade do véu e feito aparecer um pouco os traços da mulher. Nós não a vemos, mas ela, certamente, nos fita. Como se organizou a cena? A pose foi sugerida pela mulher? Foi um homem, o amante ou o fotógrafo, que a colocou ali, nua sob um simulacro de vestido de noiva, manipulando--a, e ela talvez se divertindo, talvez não, apesar dos risos, enquanto nos bastidores do estúdio, atrás dos anteparos mal apensos, alguém ainda olha *à vontade*, como Geneviève Mallarmé relatava a seu pai a cena surpreendida na casa de Nadar na fresta inesperada que deixava ver a princesa de Caraman-Chimay posando nua em camisa de seda rosa ("que ventre e que nádegas!", ela escreve para que seu pai imagine bem, mas bem mesmo, a cena). A dama de tule não ri mais. Agora, oculta sob o véu, ela olha o homem sem que ele o saiba. Escusado compor seu rosto, fazer-se doce, bela, seduzir o outro, compeli-lo a amá-la como a Castiglione nessas fotos, essa cabeça inclinada, essa forma de atrair, captar, reter. Atrás do tule luminoso, que rosto acharíamos, qual olhar? Aquele que temos quando não nos olham, um rosto hostil, um olhar de cego, um rosto perdido, um rosto de monstro, uma face espumosa, talvez. "Então, é ela ou não?" Não, é claro. Eu lhes mostro, aqui os tornozelos, e ali o braço, olhem, a anatomia não é a mesma, aqui os pulsos são mais finos, a pele mais fosca. Tento não hesitar, mostrar minha segurança. Comparo as imagens entre si, detalhe, argumento, parece que falo de um corpo familiar. "Você a conhece bem", eles me dizem.

O fato de outro olhar não é indiferente. Volto a repetir, mas o coordenador de projetos do ministério não ouve. "Se a Castiglione ainda fosse viva, ela faria o trabalho de uma Cindy Sherman", diz ele movendo, depois recolocando as pilhas de livros arrumados na estante atrás de sua mesa. "Ela seria fotógrafa, ou simplesmente teria comprado uma câmera digital e tiraria fotos de si. Ela escreveria, como Cindy Sherman fez em seu diário, conhece o diário dela? ela escreveu *Play on Narcissism/real Autoportrait*, ou algo assim, é exatamente a sua Castiglione." Então, alguém bate. Espero ele atender, mas ele pousa os livros, senta em sua mesa sem dizer uma palavra, abre a pasta à sua frente, fica absorto, de repente arqueado, no exame do primeiro documento que se apresenta, sua gravata com listras oblíquas arredonda-se e dobra-se mole contra a mesa de vidro. Batem uma segunda vez. Ele cai em sua poltrona com um dos folhetos na mão, todos os sinais da leitura mais atenta expostos em seu rosto, viro o meu em direção à porta, ele interrompe a leitura, pousa o folheto, vem se apoiar na mesa juntando as mãos à frente, me olha com um ar animador, sobrancelhas erguidas, sorriso nos lábios, a conversa deveria continuar, repito que a presença do fotógrafo não é tão negligenciável quanto ele parece acreditar. "O fato de um homem olhar não é indiferente, certo?" Mas ele não me escutava: "O fato de o quê olhar?". Eu repito.

Uma vez afugentados os homens, uma vez rejeitados os amantes, se tem um que fica, é Pierson, o prestador de serviços. Poderíamos acreditar que ele não conta, afinal, não passa de um fornecedor, só que é para a sua frente que ela segue para garantir que o rosto dela não seja o que vê no espelho, um rosto louco ou já de todo morto. Pierson, plácido como um herói, verdadeiro Perseu de olhar flutuante, que barra os golpes ao abrigo de sua câmara escura estendendo-lhe a superfície refletora do papel. Alguns anos mais tarde, Montesquiou parte em sua busca e conversa com ele por muito tempo. O fotógrafo lhe conta algumas anedotas, por exemplo, que ela lhe disse um dia, enquanto ele vasculhava placidamente as alamedas de cascalho no pátio do ateliê entre duas sessões de fotos: "O senhor tem plena consciência do que Deus lhe concede tornando-o colaborador da mais bela criatura que jamais existiu desde o começo do mundo?" (ele a olhou sem palavras, depois voltou a vasculhar); ele conta também que arrancava os cabelos porque ela não escutava nada, só fazia o que lhe dava na telha, não dava a mínima para a luz, já que ela era a luz (no mesmo momento, ele escrevia em seu tratado *A fotografia, história de sua descoberta*: "A luz é um instrumento caprichoso que não obedece jamais de maneira completa aos desejos do fotógrafo"). Ele, que poderíamos considerar o faz-tudo da mulher, bom comerciante, técnico hábil, era então o Edison do romance de Villiers de L'Isle-Adam, forjando o ideal, buscando a Eva futura: "Reproduzirei estritamente, duplicarei esta mulher com o auxílio sublime da Luz! E, projetando-a sobre sua MATÉRIA RADIANTE, iluminarei com a sua melancolia a alma imaginária dessa nova criatura, capaz de impressionar os anjos. Domarei a Ilusão! Eu a aprisionarei. Obrigarei, nessa visão, o próprio Ideal a se manifestar". E ela, a Castiglione, era mais como Claude Bernard em seu laboratório, fazendo da experiência fotográfica uma arte para obter fatos, nada mais do que fatos. À sua maneira, cada um pensa que, no meio da desordem geral, o único lugar possível é o confinamento na câmara escura, é lá que colocamos ordem, às apalpadelas, sem nada compreender.

Quando Louise Bourgeois vai até a casa de Mapplethorpe para ser fotografada, ela leva dois objetos para aplacar sua inquietação: seu casaco de pele de macaco e sua grande escultura fálica chamada *Garotinha*. "Eu tinha pegado então uma de minhas peças, porque minha obra é mais eu do que minha pessoa [...] eu a tinha pegado como a gente se precavê contra uma catástrofe [...] eu contava com o que tinha levado [...] aquilo me dava segurança."

Às vezes ela faz um gesto de gratidão, ela relaxa, ri, agradece ao fotógrafo e lhe dá uma joia de presente, a ele que adora as alamedas de cascalho, um pequeno ancinho de ouro, e Montesquiou, o homem que pode comprar tudo, o homem de gosto refinado, colecionador delicado, o refinamento em pessoa, diz, falando da bugiganga: "Vi o bibelô, e é uma das únicas coisas que desejei na vida". Imaginemos que Montesquiou, tão arrogante, tão desenvolto, tenha dito essa frase enrubescendo com um gesticular tão delicado quanto o do marquês de La Chesnaye desvelando sua caixa de música em *A regra do jogo*, se desculpando quase, constrangido, de repente exposto, frágil na confissão de sua paixão. No rosto escultural de Montesquiou, passa então furtivamente um ar, algo da beleza, do charme de Dalio, o ator que interpreta La Chesnaye. As inclinações de seu rosto, a sua maneira de mostrar seu prazer e, ao mesmo tempo, de retê-lo, toda a sutil confusão de seus traços vêm delicadamente suavizar o contorno da confidência. Um pequeno ancinho de ouro, uma caixa de música, detalhes, uma verdade oculta no segredo dos objetos, *a única coisa que eu desejei na vida.*

*

O fotógrafo poderia ter dito: "A condessa de Castiglione sou eu". Ela, por sua vez, não é uma *modelo*, não lhe dão instruções, não a fazem se calar, ele não vai montar nela como o fotógrafo de *Blow-up* se inclinando, se contorcendo por cima da garota que rola no chão e faz o que ele manda, *much more, hold that, good, really good, go, go, go one!*, não, entre eles há um encontro que se negocia todas as semanas, organizado em torno de algumas regras práticas, uma remuneração, um contrato por uma operação de revelação progressiva – o resto, o amor por exemplo, talvez tenha vindo por acréscimo. Anos mais tarde, ela tem quase sessenta anos, provavelmente está doente há muito tempo, seu corpo é pastoso, os dentes caíram, os lábios desaparecem, ela não tem mais nenhuma imaginação, nenhum senso da pose, mas ainda vem se postar diante da máquina, ela diz, é Pierson que conta a Montesquiou, ela diz: "De frente não dá mais, mas de lado ainda pode dar certo". Ela sabe. Ela vai, aos pedaços, pelos lados, ela tenta se recompor, ela vai, ela se deita e ela lhe pede para se postar atrás dela para fotografar suas pernas pálidas e nuas como as de um corpo que jaz. Mais de um século depois, a imagem está sob meus olhos. O que mostram as fotos: uma obstinação confusa, uma perturbação, uma crueldade, uma solidão exposta sob o olhar de um homem.

Leio *A África fantasma*. Acompanho passo a passo os esforços de Michel Leiris para decifrar o ritual das máscaras dogon.

Em 30 de setembro de 1931, ele ouve falar pela primeira vez da "mãe da máscara". O que é isso? O que se esconde por trás dessa denominação já aterradora? "Essa noite, a mãe da máscara chorou; a mãe da máscara, pequeno instrumento de ferro que se conserva num buraco. É um sinal de morte." Ao longo das semanas seguintes, a estranha coisa dotada de lágrimas se transforma: "Nós a chamamos de 'a mãe' porque é a maior, porque ela bebe sangue das mulheres e das crianças". Mais tarde: "Ela habita provavelmente uma falha rochosa perto de uma árvore". Seu tamanho se torna assustador a tal ponto que sua forma escapa, seu ser é inacessível, não a conhecemos, ela está reclusa em seu antro, é fonte de terror. Mais tarde, ele soube que ela é devoradora, e às vezes também devorada. Depois, ele soube que lhe oferecem sacrifícios de cães e que ela repousa sobre um leito de crânios. "Antigamente, recebia sacrifícios humanos." É menos o sangue e a terrível potência dessa entidade que chocam do que o segredo, o logro, o ardil da criatura imóvel, à espreita na sombra de sua reclusão. Do outro lado da porta, jaz uma presença sem nome, enorme, cuja forma muda sem parar, sanguinária e dissimulada, cega por seu próprio corpo, monstro por excesso e por padrão. Isso se pareceria com um pesadelo do pequeno Georges de Castiglione, o pesadelo de uma criança, dele ou de uma outra, esquecida pela mãe e, no entanto, sempre sob o seu olhar.

Aí está. É ela. No insuportável odor de cadáver, o fotógrafo arranja suas luzes diante do leito onde está o relicário: em volta dos despojos de seu cachorro morto, a velha Castiglione dispôs buquês secos, uma sombrinha, almofadas bordadas com seu monograma, fotografias, um leque, bugigangas. Ela se ajoelha com a cabeça entre as mãos e volta a interpretar a cena da lamentação. Ela se torna coisa entre as coisas, corpo putrefato entre a podridão, único túmulo possível para sua inefável beleza, enfim. Pierson narrou a cena desse pandemônio a Montesquiou. Bem, contar é uma coisa, podemos imaginar a riqueza de detalhes sem grandes riscos, mas ali, nas reservas do museu de C***, vemos. Ela o fez. Está documentado. Vemos o que não deveria ser visto e que ela mostra, no entanto, como mostrava a beleza, vemos o avesso disparatado, a triste cena dessa loucura amarga. No meio dessa barafunda empoeirada, bem no meio da imagem, o olho vítreo do bichinho nos olha. Ela passou quase trinta anos numa solidão povoada de cachorros e fantasmas. "Eu devo terminar baixo, mal e feio." "Eu só quero o silêncio e a escuridão." Ela perdeu o marido, o filho, a mãe, os amigos mais queridos, os demais se afastaram. O apartamento é uma espelunca, um *canto catafalco*, dizia também Montesquiou. Agora os cachorros apodrecem, seu corpo está em ruínas, a morte ganha maldosamente. Apenas a caixa negra que registra a derrota está sempre lá. Essa imagem exorbitante dela mesma, o relicário ao cachorro morto, o que ela fez disso? Premida entre os velhos panos do seu corpete? Molhada de beijos e de lágrimas? Ela se inclina em oração sobre a coisa imunda, uma papa de cão cujo único olho intacto subsiste como uma joia cravada na podridão. Depois do inebriamento de sua beleza, depois do êxtase, ela se embriaga de abjeção. Eu olho a imagem, 22×16,8 cm. Não sei o que é dela ou meu. Todo o meu medo dessas fotografias vem daí, daí todo o terror diante dessa mulher, diante do horror de ser encoberta por tantas máscaras e logros depois vorazmente amalgamada à morte. Nos subsolos do museu de C***, eu sei que a imagem está lá, que é aquela.

Desmascarado, o dr. Jekyll confessa enfim: "No entanto, ao contemplar a feia imagem no espelho, não senti nenhuma repugnância, e sim o impulso de lhe dar boas-vindas. Aquele também era eu".[11]

Sobre o fim, disseram, e vários testemunhos o comprovam, que ela acalentava o sonho de expor suas fotos em um dos pavilhões da Exposição Universal de 1900, que então era preparada. Entre o Mareorama, que embarcava seus passageiros imóveis de Villefranche-sur-Mer a Constantinopla com efeitos do iodo e de forte vento, e o Cineorama do sr. Grimoin-Samson, que levava os espectadores numa falsa viagem de balão ao redor do mundo, sua exposição teria se chamado *A mulher mais bela do século*. Ela escreveu a seus amigos para pedir com insistência que lhe devolvessem as

---

11. STEVENSON, Robert Louis. *O médico e o monstro*. Trad. de Jorio Dauster. São Paulo: Penguin-Companhia, 2015.

provas que ela tinha lhes enviado com regularidade. E a essa altura, imaginemos: correspondência enorme com os organizadores. Ela teria negociado duramente: toda a coleção ou NADA. Teriam lhe designado um pequeno edifício na ponta do Campo de Marte. Teria havido um cartaz e ela teria hesitado por muito tempo, qual foto escolher? Pierson teria desejado aquela intitulada *Scherzo di Follia*, aquela que a mostra posando com uma moldura oval diante do olho e nos fitando de lado, uma foto que desde então se tornou – mas nem ele nem ela poderiam saber então – o emblema da fotografia. Ela mesma teria preferido outra, da mesma série, aquela em que vemos seu esplêndido perfil, seus ombros desnudos e seu braço, aquele braço tão aveludado, delicadamente acentuado pela sombra de uma covinha no cotovelo; ali onde outros têm o osso saliente, nela é uma covinha que ressalta o arredondado delicado da carne; ali onde outros têm articulações, nela são inflexões, é esse braço indecente não por sua nudez, mas por sua arrogância plácida, o braço, o abandono da mão, a liberação dos ombros, o ângulo do perfil, vemos isso, e ela, virando o rosto em direção a um pequeno espelho oval que ela volta na direção do fotógrafo, nos olha, ela teria desejado essa foto. Ou a de costas, saída do baile, nós a vimos, a carne exultante no casaco de penas de cisne, olhando-nos no espelho a olhá-la na fotografia. *A mulher mais bela do século*. Uma manhã de julho de 1900, Sigmund Freud, durante uma passagem relâmpago e imaginária por Paris, teria visitado a exposição perguntando-se, sonhador: "Mas o que quer a mulher?". Não se sabe, não se pode saber o que ela quer, mas pode-se saber o que ela faz olhando as fotos da Castiglione: ela dança. Isso não se vê, é invisível, mas, da manhã à noite, assim que ela se encontra sob o olhar de um outro, ela dança. Não se vê quase nada dessa dança. Só a fotografia torna visível esse movimento incessante dos espectros nela, essas idas e vindas em direção ao outro, essas retomadas, esses saltos, fazendo parecer o que alguns coreógrafos chamam de *fantasmata*. Foi um mestre antigo, um certo Domenico da Piacenza, o primeiro a falar disso por volta de 1425 em seu *De Arte Saltandi et Choreas Ducendi*. O corpo deve dançar, ele diz, por *fantasmata*. O que é isso? É a maneira pela qual, uma vez executado o movimento, imobiliza-se o gesto *como se tivéssemos visto a cabeça de Medusa*. Para realizar o movimento, é preciso paralisar um instante o espírito do corpo, *fixar sua maneira, sua medida e sua memória*, ele escreve, *ser todo de pedra nesse instante*; o espírito da dança está nessa imobilização da figura, nessa parada sobre a imagem que dá só o sentido do movimento. A fotografia permite captar, na dança incessante da mulher sob o olhar do outro, esse estado de pedra que revela a instantaneidade de um segredo. É isso que ela teria desejado expor.

A mulher mais bela do século. Esse título estúpido talvez não seja uma ideia dela. Se ela tivesse pedido conselho a Montesquiou, poderia ter chamado sua exposição de *Ego Imago*, título dado pelo conde a seu próprio álbum de autorretratos. E quanto às legendas, ela poderia tê-las resumido às que Cindy Sherman escreveu bem mais tarde, nos anos 1960, sob cada imagem de seu álbum de juventude: *That's me... That's me... That's me...* Sim, *sou eu*, essa mulher que posa e se procura no olhar do outro, *That's me*, essa sedutora sob o olhar insistente, essa mulher que crê jogar habilmente com seus atributos, *That's me*, essa mulher que organiza, com um frenesi que acredita dissimular, o pequeno teatro de sua aparição, *That's me*, a que espreita, que fabula, *That's me*, feita de empréstimos, de imitações, de iras e de mentiras, *That's me*, a que colapsa entre os cadáveres de garrafas, a que aparece com uma faca na mão, *That's me*, a que chora através da moldura de um quadro colocado sobre a mesa, *That's me*, que chora, prostrada diante do corpo dos amados, seus cachorros mortos cujos corpos fétidos estão dispostos no seu cesto como um altar erigido para uma incompreensível oferenda, sou eu, esta máscara imóvel e disfarçada, eu, esta aflição, esta confusão, esta deploração sobre a matéria em ruínas, *That's me*. Ela teria então mostrado todas as fotos, TODAS, e porque elas teriam estado lá, todas, mesmo as do terror, nenhuma teria sido um pastiche de mulher, nada de farsa, nenhum fingimento, nenhum jogo de sedução, nenhum o horror, nenhuma citação, nada de *memento mori*, nada de refinamentos, não: *That's me*, o drama da sinceridade, sua estupidez e sua glória. *Scherzo di Follia*. Sua única máscara é a própria fotografia.

*

O curador geral do museu de C*** escreveu ao ministério. Ele recusou minha escolha da foto do relicário. Alguém no telefone lê para mim trechos da carta: "[...] Nossa coleção possui peças excepcionais e eu teria ficado feliz de poder confiar a um olhar contemporâneo e a uma abordagem imaginativa a tocha Graux-Marly ou o espelho de toucador da imperatriz Eugénie. [...] Enfim, para ser totalmente claro, não somente o projeto não me parece conforme à sensibilidade do público de nosso museu, mas ainda por cima o aviltamento não se encaixa na ideia que temos da valorização do nosso patrimônio". Eu gostaria de continuar minha conversa com o coordenador de projetos, peço para falar com ele, mas é impossível: "seu projeto está concluído", me dizem.

Procurei por muito tempo, retomei as anotações que eu tinha organizado, consultei registros e livros para reencontrar o relato, lido há muito tempo sem quase prestar atenção, o relato desse fotógrafo que, não sabendo o que fazer com sua modelo, encontrou de repente toda a fotografia. Ela está nua, ela gira desajeitadamente no ateliê vazio, iluminado demais, procurando a pose, sem saber o que fazer de si mesma. Em minha lembrança, tudo é incerto – a luz, o lugar, a vontade, o tema. O fotógrafo desapareceu atrás de sua câmera. Ele dá instruções num tom melancólico, em seguida irritado consigo mesmo, e com ela, certamente, pede a ela por fim, como uma oração resmungada, ou uma censura, para fazer ou não fazer a pose, não estava muito claro, dos pés na parede. Um tempo. A moça nua, literal, se lança. Coxas em tesoura. Visão. O fotógrafo narra: no entrecruzar instantâneo das pernas erguidas da moça, a visão arrebatadora de seu sexo, visto, num lampejo. Toda fotografia, até a mais doméstica, até a mais afetada, persegue essa visão. Ele teria talvez, ele não diz, se fechado a noite inteira na sua câmara escura para aumentar a visão arrebatadora e no entanto incerta, ampliá-la, entrar na imagem, ampliar mais, *blow-up*, penetrar nessa escuridão, o estúdio ficará repleto das ampliações do sexo da moça, imagem informe de tanto ser olhada – mas nada apareceria, nada mais do que um pouco desse saber absoluto e cego concedido de longe num lampejo, nada mais do que uma revelação brutal sem profundidade e sem provas.

Por que, em uma de suas cartas, ela chama seu quarto de "o quarto do crime"? Nos anos 1930, um de seus biógrafos, que a acha fria e narcisista, conclui: "Quando uma mulher dá a um quarto de sua casa esse nome distinto, pode apostar que o crime essencial nunca foi cometido ali". Nunca saberemos o que se passou entre essas quatro paredes, pode apostar que o verdadeiro quarto, não o quarto material, lotado de acessórios, desabando sob a parafernália ordinária da decoração de interiores daquela época, o verdadeiro quarto interior estava fundamentalmente vazio, abandonado pelo gozo, lugar negligenciado, sombrio, sob o olhar de uma pequena virgem imaculada que torna o leito mais vazio, pululando de fantasmas, enquanto a câmara escura da foto está sobrecarregada de representações cintilantes, tudo ali se reencena, entre as decorações projetadas, as telas pintadas e os acessórios realistas, tudo se anima enfim porque tudo ali é fingido. Ela fecha a porta, ela apaga a luz, ela está sozinha.

Agora é preciso arrumar. No dia em que as descobri, levei embora as fotos de infância da minha mãe. Não quis pedi-las a ela. Mas com certeza ela teria me dado. Chegando em casa, não fiz nada com elas, a não ser colocar no fundo de uma caixa. Eram em sua maioria pequenas fotos de bordas serrilhadas, mais raramente grandes formatos, retratos, cenas de praia em Nice, o passeio dos Ingleses, batalhas de flores, festas à fantasia, terraços ensolarados, com amigas ou junto de sua mãe; ela, sua mãe, o rosto feroz e luminoso, o aspecto impressionante, aquele dom de elegância, o refinamento com o qual, mais velha, ela usava pérolas de plástico compradas no Prisunic da rua Gioffredo, a prova quando ela aparece na imagem, essa certeza. Depois da recusa do museu e do abandono do projeto da exposição, voltei a abrir a caixa. *Ora, numa noite de novembro, pouco tempo depois da morte de minha mãe, organizei as fotos.*[12] Tentei colocar em ordem, sem parar de me voltar para uma lembrança de que não me lembro. Abro a caixa e entro nessa passagem obscura que engana, é um corredor numa casa vazia e apagada, uma passagem escura

---

12. BARTHES, Roland, op. cit.

que leva aos quartos, avança-se entre os cochichos e os protestos murmurados, os suspiros, os crimes reprimidos, os restos de palavras, os abandonos. Certos dias sou como essa velha que chora sentada diante das fotos que desliza desajeitadamente sobre o oleado com gestos amplos demais, ela queria contar, *aqui é minha mãe*, ela me mira com seu olhar de criança, *enfim, creio que, sim, é minha mãe, e ali, quem está ali?*, ela aponta para si mesma, não se reconhece mais, me olha, *já não sei*, sua boca treme, grande demais também para o rosto emaciado, os lábios estão pálidos, esbranquiçados nos cantos, a palavra pesada, impedida, ela olha as imagens de sua infância, as de sua mãe, ela queria falar, mas não há mais nada a dizer, só resta chorar, essa mania que os velhos têm de chorar assim que se lembram, diz a enfermeira arrumando as fotos, sou como essa velha mulher, olho os rostos dos que se foram, continuo a passar as imagens, sigo pelo corredor, lenta, curvada, miserável.

Em dezembro de 1843, Elizabeth Barrett Browning escrevia a Mary Russell que os retratos fotográficos lhe pareciam *santificados*, não apenas por sua semelhança, mas também *pelas associações e pelo sentimento de proximidade que este objeto impõe*, pois, diz ela, *a própria sombra da pessoa está fixada ali para sempre.*

A morte é essa desconhecida com que se cruza ao longo de uma viagem de trem. O herói de Lampedusa, o príncipe

Salina, a reconhece: é essa jovem que ele achara bonita, um rosto charmoso, que ficava um pouco difuso sob seu véu de bolinhas, fugidio como uma vaga lembrança, e que o tinha tirado por um instante do torpor de uma viagem exaustiva. Chegou a hora. Ele está deitado sob o lençol branco. E então a jovem aparece em seu traje de viagem marrom e seu chapeuzinho, esgueira-se murmurando algumas desculpas, afastando ligeiramente com a mão numa luva de camurça os que estão reunidos em torno do leito, compactados na dor, formando já um cortejo, ela se aproxima sorrindo, levanta o véu com um gesto suave e lhe mostra seu verdadeiro rosto.

As preferidas são aquelas de que não se sabe muita coisa. Esta, por exemplo, que vou conservar apenas para exposição pessoal, um pequeno formato intitulado no verso "Belo-lugar. Páscoa, 15 de abril de 1949", a única que escolho guardar no fundo da caixa. Três moças de costas, lado a lado, na água até a altura das coxas. Minha mãe é uma delas, mas qual? A água está imóvel e transparente, ela se confunde com o céu num cinza de fotografia um pouco baço, uma claridade opaca como se algo tivesse desaparecido, só resta o esplendor honesto de um maiô branco de algodão grosso ou de uma touca. Três moças de costas, uma mergulha, a outra esquadrinha o fundo da água, a terceira permanece ereta, imóvel. A mergulhadora, a pesquisadora, ou a sonhadora? A que se lança nos respingos, a que observa e se interroga, a que olha longe sem pensar em nada? Ela poderia ser as três. Provavelmente ela foi, ela foi alegre, escrupulosa e sonhadora. Mas, mesmo assim, olho de novo. Esta silhueta esbelta de touquinha branca, esta linha de ombros um tanto esquiva, estas mãos que parecem marulhar distraídas, e, sobretudo, o olhar que não vemos, pois ela está de costas, tenho certeza de que ele se desfoca lá, muito longe, no horizonte, lá onde as coisas chegam para aplacar a espera, lá de onde elas nascem, para preencher, para devastar, ou para se permitir.

Três mulheres estão contra a luz, não vemos o rosto delas. Elas tecem. Nona, Décima, Morta, filhas da noite, uma fia, a outra mede, a última corta. Dizem, às vezes, que elas cantarolam ou murmuram enquanto trabalham, *Look at my face, my name is Might Have Been, I'm also called No More, Too Late, Farewell*. São sempre três irmãs, as Moiras, as Parcas, as Nornas. Elas são mais velhas que o tempo. A terceira chama-se Átropos: o Inexorável.

FONTES
Fakt e Heldane Text

PAPEL
Pólen Natural

IMPRESSÃO
Lis Gráfica